AQUARIUS

AQUARIUS

AQUARIUS

AQUARIUS

每個人心中都有一座島嶼，
藉文字呼息而靜謐，
Island，我們心靈的岸。

微

意
思

李進文

從《微意思》，
最打動他們的一句話說起……

◎**王盛弘**（作家）

「身為人，經常是渣。」

長長的一生，有時可以濃縮在短短幾個字、幾句話裡，陶淵明說「人生實難」，李叔同說「悲欣交集」，屬於李進文的，則是「身為人，經常是渣」。這句話，低沉著講，是感嘆；笑著講，是自嘲；若是咬牙切齒，莫若是悲憤了。這句話，說得這樣輕巧、幽默、有意思，卻遙遙與史丹利‧庫尼茲的「在醜陋的時代裡，心碎了又碎，心碎才是生存的方式」相呼應。李進文無愧於詩人鍛字鍊句本色，又調和以人生的歷練，既有歡暢，兼具醇厚，我格外鍾情那些以時間為篩，淘洗人生的滄桑與智慧，他說：「人生如何竟又沉沉睡去，莫非為了躲自己。」他又說：「生命只要堪用就是富貴。」讀了這些短句，一時之間讓我領悟到，「我們身上總保留了某種未曾消逝的甜度，極苦時用來喚醒味蕾跳舞」，這也是李進文說的。

◎孫梓評（作家）

「我與時間穩定交往中。但是，時間已讀不回，這讓我很焦慮。」

電影裡，他們度過日常：送許多羊去另一個地方，在河邊打獵，冰冷的天氣喝酒取暖，擠同一個帳篷，讓祕密暗中膨脹。後來的故事大家都知道了：分離，各自領取另一份人生，重逢，親吻，掙扎，抗拒，忍受，爭執，解散，直到死亡拜訪其中一個──遲到者只能擁抱襯衫。

想起這部電影時，我卻常常陷入一個鏡頭：陽光大好的山坡，站著的一人朝坐著的另一人擲出繩圈，那繩圈，穩穩飛過晴朗與綠意協奏的光，準確降落，拴住了他。

我以為，看起來像遊戲的動作，實則向對手拋出一枚不說破的戒指。其時，兩人臉上都帶著笑。

我們和時間展開各種交往，發生所有能發生的關係，有時是甘願的。時間像一個誰拋來的繩圈，戒指，漸漸壯成囚房。能餵養一段關係的，唯有時間。能消磨一段關係的，亦唯有時間。「時間已讀不回」，確實好焦慮，有時又忍不住偷偷享受那無知的幸運──還不用成為遲到者，還不用經歷後來的事。

◎萬金油（文字工作者）

「您有一通未接來電。」我回撥，是一片蠻荒接的，它

的聲調挺自在，而回音像寂寥一樣無邊。蠻荒那邊很久
以前就不再溝通，愛也是。我問蠻荒「怎會想起我？」
它以萬馬奔騰的歉意回說：「打錯了……」掛斷。我心
中還留有一片蠻荒嘟嘟嘟地響。

科技是感官的擴展，亦是人生問題的延伸。

我曾聽過一個類似的故事，彼時還未有手機，分手的戀
人留著對方的電話號碼，每天算準對方出門的時間，撥
了電話過去，沒人接，應答的是答錄機，答錄機裡的
開場白是她輕快語調錄製的。不為別的，就只為這十
秒，他想多聽一點她的聲音，想念她笑著說話的樣子，
十秒結束，掛斷再撥，一個十秒，二個十秒，三個十
秒……。

失戀像是個無光的黑洞，十秒的答錄機是洞裡的微光，
只要一點點光，他就能殘活。

有了手機，捉姦打卡定位已讀不回，形跡隨時敗露，愛
情沒有了喘息的縫，分手就是分手，只有血肉模糊，沒
有十秒的應答錄音供回味，連不小心誤撥都留下痕跡：
「您有一通未接來電」。科技下的愛情沒有任何緩衝，
只收到一句：打錯了。失戀依舊是個黑洞，而且是更沉
更重的黑。

不過，分手的戀人們也應該慶幸，你還聽得到嘟嘟聲，
手機封鎖號碼的功能已問世許久。科技始終來自於人
性，也來自於仇恨。

◎楊富閔（作家）

「你看報紙的時候像一棟房子。」

讀李進文〈你看報紙的時候像一棟房子〉，想起我從小喜歡觀察人看報的動作。圖書館的閱覽室、衛生所的候診室、小學教職員休息室……這裡那裡有著一棟棟房子。

我在公園看過老式的讀報欄，像個立體摺紙藝術，大家站著看、轉著看，像回到日治新文化運動年代，看報啟迪明智；父親看報姿勢特殊，早餐時間他把報紙攤在客廳搖椅，報的兩邊順勢擱在椅的扶手，失去支撐的報身癱軟在椅面，這裡有棟塌陷像個凹字的房子，他就蹲在凹字前面。而我還不是一棟房子，我的手在發育，努力將兩隻手臂拉到極致，才能撐出一大張，整個人埋在家庭生活、體育娛樂、地方新聞版的後面。如果看報紙的時候像一棟房子，我就是躲在屋下的孩子，還偷偷戳了一個洞。

◎羅毓嘉（詩人）

「一個字一個字救活自己，湊字成篇讀來又覺得真該死。」

你只是想寫。想寫的時候像獨自跳下懸崖。觀看，且等待。誰會見到你，在黑暗裡揹著一個旅行袋，戴一頂棒

球帽，有著祕密的情感挖開一個樹洞然後你寫。只是你之不能，無非你是個不完整的人。寫下一個字，兩個字。

筆尖沙沙，地獄的白噪音。

和你的書寫相愛，相依，直到死亡把你們分開。願以你擁有扶持，好壞貧富，病疾與康健。你寫。你寫只是因為你無法拯救任何人，甚至無法拯救自己。

前一夜走廊上有人貓步走過。因為太靜，所以清晰。經過的人都知道你坐在那裡，寫無人讀的誓言。誓言講完，把一生說死，祝福成為咒詛，另一方有人在三萬英呎處叫來一杯冰凍的白酒，他會不會想起你。你寫，寫你的不知不明，無知無明，寫一架班機上安定的廣播，救生衣在您的座椅下方，寫下班機的墜落。像煙，像火。

同時寫下他有他的生活，他不再是你的甚麼人。

久遠以後，他傳來訊息，說要你。你沒有回，你亦不寫下這事情，你只是說，今日陽光晴好。

即使回身已成曾經，也無比豐盛。

【自序】

我的自由

這是我深愛的、生活的吉光片羽。

這些年來,我執念一本可以吉光片羽的書,不定義、不類型、不解釋,就讓它隨喜,有愛,天馬行空。我享受這樣的書寫趣味,而這樣的書寫也默默陪伴我度過不少隱晦的時光,讓生活找到一個支點。

試著以感覺思考,用想像力寫日常,將深刻寫在水面,把輕盈泊靠在抬頭可見的雲間。分享心中「有意思」的真情實意。

既是分享,就要落落大方,盡量讓文字和意象簡潔,觸手可及,遞出一種溫度。

算來有十年,我熱中這樣的自由(體),卻也從未讓它單獨存在,它總是融化在我的散文和詩。二〇〇四年出版的詩集《長得像夏卡爾的光》有它,其後在散文集《如果MSN是詩,E-mail是散文》、詩集《除了野薑花,沒人在家》、《靜到突然》和《雨天脫隊的點點滴滴》都有它,甚至記事簿、簡訊、臉書,也有它。它是我骨子裡溺愛的表達方式,或許更符合我的性情。

我終於下定決心，默默、韌性且任性地開始寫，寫一冊我心中的自由體。我希望它有著：幽默、靈犀，以及化繁為簡的思考。

所謂「其為形也不類」，試著讓它什麼都不像。不像分行詩為了美而保持距離，不像散文和小品要交代細節，不像散文詩轉折多歧，不像隨筆行雲流水，不像小說極短篇要布設骨架，不像童話不像寓言，更不能只是格言或警句……只隨興由心，而本質細緻，剔透，俐落，提供輕輕的想法，微微的想像，以及記錄人生經驗。

簡言之，寫一種初心和態度。

盡可能地，一個故事、一抹影像、一瞬念頭、一次思維都能在最少的語字完成，再擲下一枚情投意合的小標題，俱足矣。

以前閱讀過地球簡史的常識，知道四十六億年前，太陽系和地球是由無數「微粒子」凝聚而產生，其後地球經由無數的「微行星」撞擊、聚合終於形成。無數的微行星撞擊是促使地球誕生的源起，這就好比是創作的原型，微小初心的發生，我將這些文字取作「微意思」，微微有意思，微笑微妙的意思，「意思」指的是詩意、諷喻、幽默、情趣、巧思，其實我的「意思」只是想認真地自由，任宇宙的微行星或彗星自由碰撞，或許撞出我心中美好的新意味。

自由體，「自由」而有「體」。體不是指文體，體是超乎想

像的星體，體也是體貼，一本書要怎麼讀，能夠隨人自由，也是體貼吧。

這些吉光片羽，讓我們可以互遞溫熱。經常，我想要在遞出之際，讓他人分享而不是分擔，即便讀了以後僅僅會心一笑，笑是詩意。對於書寫和閱讀，我喜歡「意思」比喜歡「意義」多更多。

魯米（Rumi）曾說：「任何你每天持之以恆在做的事情，都可以為你打開一扇通向精神深處，通向自由的門。」這幾年，我開一個新檔案夾在桌面，深夜寫一則、幾則，即便經常呆坐無所獲，像宮澤賢治《銀河鐵道之夜》裡的捕鳥人，站在河邊一片磷黃幽幽的鼠麴草地，神情莊重地張開雙臂，凝視夜空，瞬間躍起捕鳥，經常沒抓到，有時幸運抓到那巧克力滋味的鳥兒，就充滿想飛的靈感。

這些文字是我寫作的原型、潛在的意念，我珍愛的理由也在此。當一本書成型，展開書頁，也就展開了雙翅。

目錄

卷一　剩下一個人獨自水聲

孤獨

暗香很沉，花叫很尖；腳步聲很淡，人很深。

憂鬱

一個字一個字救活自己，湊字成篇讀來又覺得真該死。

絕望

鬼從地底押熱情的岩漿來到人間，岩漿冷卻成灰色思想。多年後，鬼依舊支頤著臉頰枯坐在思想上，無神地望著一列螞蟻敲鑼打鼓鑽回溫暖的地底。

不離

死亡只不過是貓追毛線球追到較遠的角落玩耍而已，始終有一條線，與生者相連。

不棄

堅持了一整夜，簾子還守住門口，黎明一來就簡單地把家移到光明的地方。

因果

有時肩並肩，卻感覺無比遙遠，比自作多情還遠；現在我壞得好笑，都怪你當初容忍我笑得好壞。

另一種傷心

眼淚太累，就打起瞌睡，咚地從臉頰摔下來，連骨折聲
都珠圓玉潤啊。

懷念

筆忘記心，酒忘記醉，你忘記我已忘記你。懷念的意思
是：你忘記自己卻被別人記住了。

祈禱

我沒方向感，包括人生，只會傻傻直直地南來北返；高
鐵疾駛中，窗外星光燦爛，銀河畔捕鳥人跳上跳下很
忙，天使在洗翅膀也沒閒著。高鐵加速，加速……「主
啊，向上、還是向下呢？」我忍不住問了。

如今

如今就剩下短句和長夜、如今就剩下短刃和長嘆……我
也曾長亭又短亭地一路風景過啊。

幸福

有時幸福就這麼來了，能不害怕嗎？於是開始急著翻找
過去的日子到底發生什麼。卻只翻找到去年夏天金蟬脫
下的殼，我拎起，穿上，學蟬叫叫叫，叫人生別逃。

累了

矮窗與長夜之間，一隻胖貓硬生生擠進來，衝著已經下雨的我，喵！好厲害的胖貓，叼著雨絲，一絲絲一絲絲拖走我。

嫦娥

下雨天接到星空打來已經流浪多年的一通電話，聽見那頭有清脆的啃咬聲，並非雜訊，我遲疑地問道：「喂～～是玉兔嗎？」頓了頓，電話那頭傳來一縷輕聲：「是寂寞！」

自省

我將鏡子埋在地下，長出一面面作風相反的我；採收後，運到市場販賣，每一面作風相反的我都跳出來殺價。

身為人

天要陰，突然薄荷味的一線光，細細穿透雲層而來，來剔世間的牙。這才發現，身為人，經常是渣。

晚安

輕聲說「晚安！」轉身走入白牆；而黑夜躺在床上。
「晚安！」月亮也輕聲說。說完跳入夢中。

遺憾

空氣有了你，滿心歡喜。一直懷孕你，直到你不再呼
吸。最後一刻你只反覆對空氣說對不起、對不起……

樂觀

神在我身上寫下日期，日期拖行我，一條長長的血跡。
我笑嘻嘻，故意在泥地上弄得一身髒兮兮。

希望

一些夢，猶有餘溫，卻被壞日子闊綽地丟棄了。但是，
仍有認真絕望的人從垃圾堆撿起，拭淨，用心修理，就
像生命只要堪用就是富貴。

瓶頸

在青筍筍的赤道無風帶，終於艱難地寫下一枚臉紅的
字，像船，靜止了好幾個月不動。除了要死不死的浪，
其餘是曬傷的內容，脫水的夢。

公案

幽谷攤開一張霧，霧包裝野寺成一朵曇花，夜半綻放一
聲救命啊～～就謝了。

靜夜思

腦弱地思考強，原來強是一堵心內的牆；其實最強的是
明月，月光善騎牆，胖嘟嘟的左腿半斤、右腿八兩，晃
得左鄰右舍頭皮發癢，遠眺陌生的鄰居在床前低頭抓
癢，以為在思故鄉。強！整夜自頭頂抓落一大片寒霜，
堆積心內的寂寞牆角。

夢見太宰治

月亮在背後笑著追我。我一邊跑，一邊在想月亮為什麼
笑，可能月亮自己也被什麼東西追，那東西追月亮的模
樣很好笑，究竟是什麼東西？——是悲傷！兩人三腳的
悲傷。

夢見自己

夢見我走在田畦間，全是泥濘，我的腳踝被劃了道小傷
口，回家後，從傷口不斷湧出一種吃飽陽光的古典生
物。

薄意志

深陷眠夢許久，我的本質散發薰香和老時光，直到黎明
拉我一把！恍惚聽見……咖啡豆磨出機關槍，鮮奶嚇白
尖叫，人生如何竟又沉沉睡去，莫非為了躲自己？

致信仰

一個女人挽著一個男人坐在樹下，在冬天，微笑地看時光摘下一朵小花，數著花瓣。（沒有戰爭以前跟有過戰爭以後，你都具有深刻如佛寺的愛與燭光，我好暗。你是水的感覺，我是燒灼的禱告。你若是幸福，我就是追逐。）啊時光，一瓣愛、一瓣不愛、一瓣愛、一瓣不愛……樹下已經沒有男人女人。

潛力

我們身上總保留了某種未曾消逝的甜度，極苦時用來喚醒味蕾跳舞！

生命

最典雅的是微風午後不顧一切以愛土生土長。

無奈 \ (ㄥ - ㄥ) /

思考是一種香料，每顆頭腦航向遠洋找尋香料，就這樣，不小心發現──新大陸，卻泊滿了船骸，以及發胖的海賊。

公理

恨不是一種能力，是一種無語問蒼天的涼意，就像一雙布鞋踩著春寒霪雨，從腳底、從骨髓冷上來，無法控制

地顫抖。

嘟嘟嘟

「您有一通未接來電。」我回撥，是一片蠻荒接的，它的聲調挺自在，而回音像寂寥一樣無邊。蠻荒那邊很久以前就不再溝通，愛也是。我問蠻荒「怎會想起我？」它以萬馬奔騰的歉意回說：「打錯了……」掛斷。我心中還留有一片蠻荒嘟嘟嘟地響。

本能

人被馴養久了，趁寒冬野放，去吃點苦。待到春暖花開，人人隨著一副什麼德性又回來了。

我心動靜

一枝草的搖曳，無原因，無目的，如此它的背景夕陽才顯得格外滄桑，深情。

回憶

每當走回去看自己，一副萬馬奔騰的樣子；回來時，卻是孤煙的模樣。

記事簿

記事簿無日期、無行程、無事，連憂鬱的事都看不起我。對人生一切待辦之事，我原只想減少，一減才發現我太少，少到一片空白。

按下雨聲

嗶啵嗶啵，液態身體演奏，心情泡沫泡沫。水沒穿衣，黏黏地游來游去一片愁。水的下部，夜一般黑著。魚和水草，草草地吵一吵。……乍歇……。琴鍵起身，再度按下雨聲：嗶嗶啵啵，嗶啵嗶啵……。腳尖與手勢芭蕾一隻蚊子，空間拍手拍手、一巴掌拍痛找。

長夜

長夜凝視這面牆，長長的凝視，彷彿永恆。永恆牽著多出來的一天躺在憂傷裡。躺在憂傷裡，遠比躺在愛裡舒服，因為愛容易飄蕩，像船。此刻一縷聖樂由薩克斯風接續到天堂……又撞見一面牆。「神在牆外逍遙嗎？」牆頭的花貓不點頭也不搖頭。

疲倦深究

此刻的疲倦，是肉體之外那個遼闊的世界，也是肉體之內那個微小的靈魂。我卻執著在肉體衝鋒陷陣，好累了，趁機從一個大哈欠逃出，還好只有厚臉皮擦傷。

六月雨天

想到牆上歡聚的綠苔，水珠們舉起水晶杯，喝到身體頹
然滑落牆角。想到雨中獨行的那人一顆火紅的心。想到
機器轟轟運轉中印刷廠默默受潮的白紙。想到雨條列的
問題，鵝黃街燈低頭婉拒了還是接受了？雨想我？或只
是淅淅瀝瀝響我，以免太靜。

愛蜜麗‧狄瑾蓀

每次她走進深林就化作一隻鷦鷯，棲止一枝，定靜，靜
到青苔都爬上了喙。她啄些月光、飲點露，她不一定不
快樂。天亮前，霧漸漸散了，她飛出深林，恢復成女
子，形體嬌小，赤足輕盈，棕色緞帶繫著的馬尾左右
晃，她不一定快樂。松鼠和曙光在深林出口目送她，她
就這樣不押韻地走走跳跳，一個人，她一個人愛過，飛
過，深入骨髓過。

大悲

這張紅木桌上疊高高的家族史，我們靜靜地圍坐，史頁
一張一張摺成元寶，摺成蓮花座，我們掉淚，哽咽，為
這麼一大落家族史竟然沒有可以大笑的故事。

快遞

回家時看見門口有兩個包裹，一個上頭寫「親愛的，這
是炸彈」，另一個署名我的名字「某某某先生 收」，我

把炸彈那個拿進門，留下有我的名字那個。這樣選擇是因為好久沒人在門口用「親愛的」稱呼我了——在每天孤孤單單我一個人進、一個人出的時光中。

哀莫大於心死

酷暑到處通緝我，我躲在妳心中結冰，硬到可以殺人。妳本想融化我，可妳冰清玉潔的念頭動不動就被我弄髒。

不忍

你好疲倦，你的聲音夕陽西下。更疲倦的是，蘆葦與潮汐拉扯你，你是謠傳的風聲，你是眼角的一片溼地，古老，而且受保護。

殉美

紫苜蓿愛著一顆露珠。被地心引力拐跑的露珠，不小心跌倒，墜地，瞬間撞開一片春色。草尖尖叫：「要死了！」

蜜

我以一小匙盛你一噸重的甜蜜，謹慎傾入一杯酸檸檬。（最初我是這樣想的：每當你載來十噸重的蜂蜜倒入一小匙童話中，我就有了格列佛的感覺。）

易碎品

瓷器都明白，一千多度高溫才能燒出一顆女兒心。柴的灰燼將體溫掃攏成一個字，來不及說出口的一個字。面紅耳赤的血管冷了，像瓷身的根狀裂紋，竄入心底扎根深深，深深聽取慈命聲聲。

行路難

距離人格，還有一大段，我們用龜速前進，半路，我們撿了一輛破腳踏車，情操一直掉鏈子，交通警察尖銳地嗶嗶嗶，硬要我們靠往別人的康莊大道，但我們偏偏往無路可走的心內深處騎去。

放下

人生之艱難，與自己言歸於好。人生之容易，跟自己告別。

手

流理臺的水槽內，碗盤杯具摸摸我手心，以瓷性的、淘氣的聲音說我品質如煙。水也拍拍、惜惜我手背，說：「都流走了、走了，這髒！」心好像真的變乾淨。但我還是感覺人生太甜太油膩，我只需要剛剛好的熱量，讓手指可以活，可以活活地打字，嘩啦啦的打字聲，讓我有了水的德行，瓷的慈悲，陶的靖節。

深讀

用眼神扛一朵巨大的雲，翻山越嶺。一整冊天空的長篇，如小說，往往動人處，即天涯處。雲愈來愈沉重，忍住雨水，以免沖刷掉一個人的孤孤單單。

人二句

我跟自己討論身為人的問題，愈討論愈尖，身為人就愈來愈酸。

人性胖得有點不自然，想要減肥是人性。

深入淺出

我們深入煩憂，才能稍稍淺出喜樂。

秩序

整理藍藍紅紅的花臉筆記，整畢，亂世頓時喘氣歸位，秩序比信仰更療癒。然後整理一顆心，卻始終草稿，修改不了情。

境隨心轉

不看背影，我看足跡。不看花影踟躕，我看踟躕的所在。不看時光，我看老去、更看其迅疾，與緩慢。不在意鏡中映象，我在意的是鏡面霧珠猶疑的方向。

煩惱

一頭大霧，狠狠錐視遠方走來的朱槿，及至眼前才恍然是一件袈裟，自無明飄來。

義眼

我眼睛愈來愈模糊，可能近視加深，或者老花惡化，醫生說：「你應該換眼睛了。」「不換，我會瞎嗎？」「不會，但會看不清事物的本質，人性，真理。再說日常生活你總要看清點什麼吧？」醫生好言相勸。

三週後我決定治療了。醫生摘下我的眼珠，幫我裝上兩根釘子。從此以後，我老是看不慣別人，一看就見著瑕疵和缺陷，如果我瞪你，你就會被釘子狠狠釘出血來。「這樣我沒辦法戴眼鏡耶，釘子太長了。而且……什麼都是我的眼中釘，這感覺不好受。」

於是，醫生幫我改裝銀質細針，於是我有了針眼，看得更細節，我經常忍不住用針眼偷窺，瞪人的時候，對方的心會被我刺傷。「醫生，我不想傷害別人，幫我裝回原來的眼珠吧。」「已經丟掉啦，你的眼睛回不去了。」醫生一副愛莫能助。

「但是，你還是可以選擇繼續裝上別的，試看看。」醫生說。他幫我裝上電，我就有迷人的電眼。裝上美色，就有媚眼。裝上天空，就有天眼。裝上一顆心，我就生出好多壞心眼。「不不不，我一定要裝回我原來的眼珠，我真的已經瞭解朦朧美……」「真的回不去了，你只能不斷地裝上些什麼，即便要裝上月亮，太陽，星星

都可以。」醫生說，裝上動物也可以，例如裝上馬和
虎，變成馬虎眼；裝上鳳，鳳眼；裝上雞，雞眼；裝上
雲間的龍，龍眼。真的沒辦法，就裝上辦法，變成法
眼。……「給我裝上黑夜吧。」我嘆口氣道。於是，我
的眼睛剩下兩個窟窿，深深地、暗暗地往自己內在看進
去，突然心中無比明亮。

思慕微微

你不是風這麼簡單，你透明好一陣子。「一陣子」不是
時間的單位，是容積。淚是容積，思念也是。每次感覺
人生透明好像什麼都已不在，就知道這時你還在，恆
在，在葉影的婆娑中。

快慢

孤獨是進化最慢的、卻是美化最快的。憂鬱是退化最慢
的、卻是現代化最快的。

我的天，冷

夢想坐在我對面，虛空斜倚旁邊，我們圍爐，烤火，飲
啤酒……沒有對話，除了嗑瓜子的聲音，以及瓜子殼的
狼狽。

對鏡
老，竟是問題。老境，是問題！老，鏡的問題？老是在問鏡一些老問題。

樹立
樹葉像購物頻道一樣多話，根本不思考：當冷風吹得像愛一樣強烈，原只為了讓一棵樹從自己的骨幹深處傾聽。

渾沌
時間出現裂痕，彷彿傷口想說什麼，一說就白天黑夜個不停……。我要聽的是關於存在，但是，答案一臉木然。

一與十
把眼淚帶上街頭，成立一隊路燈。把一隊路燈帶回家，推翻一個人獨立。把一個人鎮壓，用十噸重的空虛。

歸人
路燈把夜歸人一個一個撿起來，擦亮，放他們回家。看著他們一步一步又愈走愈暗，路燈不忍再看只好低頭。

誤會

我只是穿上太多層次的皮膚,就說我老了,其實我只是
冷了,走這麼長的人生,頓覺無比單薄。

解釋痛苦

苦的時候思考,會讓人比深沉更深一層,忽然就嘗到甜
味在有無之間。痛的時候,是難以思考的,心理和生理
的痛都是。人可以長期受苦,卻無法長期忍痛。苦是棉
線,痛是鋼絲。

知道痛苦

等待比實踐中的痛苦更苦。因為等待,所以不知道會痛
在哪個部位。痛苦會自己找上門,但我不能等著挨打,
我自己去找它,預先鍛鍊我即將迎上痛苦的部位,練堅
強!當痛苦襲來,我迎面頂撞,痛苦時是脆弱的、容易
擊潰的,痛苦只不過假裝一臉凶神惡煞罷了。

不要走近我

不要走近我,我是黑夜,你帶著情誼走近就會迷路,我
不要這樣。
不要走近我,我是月光,你帶著情誼走近,我不知不覺
跟著你的影子起舞直到迷失,這樣我不要。
不要走近我,我是朝日,你帶著情誼走近,逼汗為盜,
我不要,不要身體有偷偷摸摸的感覺。

留情

歲月和水碰撞的聲音有你，水和金色碰撞的聲音有你，金色和背影碰撞的聲音有你……你比靜更靜。

隨他去吧

我一路沿著花蓮海岸林蔭疾走，樹葉們對我的耳朵有興趣，順手摘去二只耳朵把玩，又忽然擲下，以為是兩枚果子，怎麼就成了兩粒骰子，骰子打轉著，在風中聽風，在命中賭命。

圓點

完整的方式：讓別人圓，而我減，減到最少時就是圓心的一點，那一點是圓規戳下去的、更小更狠一點的空洞。

獨自

河甩著柳樹的髮，甩掉想法，激流順勢裁去時光的暗部，剩下一個人獨自水聲。

灰原哀

沉睡小五郎被柯南的手錶麻醉針射中時，小哀一聲！……小哀來自黑暗組織，十八歲的靈魂住在七歲的一聲小哀。唉，憂鬱是無法推理的。

戒

人雄雄飲酒，酒辛辣地瞧人。酒的腰肢柔軟，入口姿態
卻變硬，硬是把舌頭打一個結，每段佳話打滑、每句信
誓絆倒又站起來望向遠方出口。是夜，凡說出口，就
只一句勇敢的福音迴盪：「你們的話，是，就說是；不
是，就說不是；若再多說，就是從惡裡出來的。」

佳美

腳蹤經過，有香提醒，香是想像出來的也挺好，想像力
都是蓮花，一朵一朵送給自己，微妙隨喜。

暮春的四天

假期熱而躁，無話可對自己說。白天除草，入夜我綠意
盎然地刪除第一天，接著又鶯飛草長地刪除第二三天，
第四天雜花生樹的我發現，我是忍不住的春天，必須再
刪、必須再除，從一數到四，終於火宅光禿禿。

蝕

清明節前夕，月亮很白很圓很高興，忽然又很遠很孤單
像深夜正在等誰的一盞小燈，若你看見乍滅瞬亮，那是
烏雲擦撞良心，或者玉兔偷打嫦娥手心。

一事無成

在一事無成裡逗留，我對一事無成深呼吸，這會讓眸子清醒又可愛成一眼草綠一眼天藍，而毛髮也會一夕之間就抗議般全面銀白，像獸，我會發出困獸的吼，那吼會一直亮著鑽石般的笑。在一事無成裡，對活下去的業績，死都在嘲笑。在一事無成裡我將手探進數字抓緊時時刻刻孵出的零點零零幾，抓緊一直想要走進蛋裡一探究竟的零點零零幾的人生。在一事無成裡我從教堂鐘聲裡撈出一具瀕死的佳句，那佳句曾經安慰了神也豐富了神話。一事無成裡還有一試，一試的渴望仍逗留在希望與絕望之間。

收穫

天堂充盈著、熱情著、瀰漫著種種商品。因為祈禱而獨得的商品一件一件屬於人們。商品遞送給人們的方式是藉由流星、幾炷香、山嵐，或者虔誠的仰望。人們只要付出祝禱和祈願就完成交易嗎？只這樣？是否太簡單了？每次一想到這個問題，心就在地獄煎熬。

瀑布

它不想破碎、不想死，但背後有一股力量推它，它忍住，它不想打滑，不想再前進，啊前面是深淵，但背後又運來一股命推它，它是服從的眾小兵，得跳下。它跳下了，卻發現一切只是驚嚇，水還是水，會繼續流下去，像人生。

方寸

其上根據星象，其下根據擁有海海人生的抹香鯨之所向，平常日子根據貓臉，擇定陰晴圓缺——我著手圈養一塊空地，在佛手所及的邊陲，在夜梟眼下，這方寸空地，我種春風，種一瞬、種土耳其藍與本土綠以及傍晚之橘青橘灰、種遠古的拜占庭、種剛剛希臘的老天。我墾理心緒亂石、寂寞廢土。一切大致有自然，任憑萬物生長。

為了綠

綠窗帘說起話來就綠啊綠，綠藤由窗外爬進臥室，以史前的動作。一陣綠風吹入，淺水綠的牆微微激動，綠藤上有一隻綠樹蛙，綠樹蛙說了些青綠灰綠橘綠可可綠如同傍晚將暗未暗的話語⋯⋯。臥室傾聽綠、玫瑰燈飾傾聽綠、名叫「晚霞」的颱風路過也傾聽綠⋯⋯綠啊，十六歲的綠，在筋在骨的綠，綠的樣子像在準備學校考試，青澀，文靜，顰蹙，⋯⋯綠蔓生至客廳，沙發上一尊老朽，老朽也康健硬朗地感染橄欖綠，很快就祖母綠，綠過回憶，濾淨自己。

卷二　像霧一樣莽撞像深淵一樣認真

青春

我喜歡用毛筆寫妳，黑亮，性感，飽含淚水；等妳乾
了，半熟宣紙微皺，墨香輕喘，一副無話要說的樣子。
我從不裱褙書法字，平整了怎會像妳累了的身體呢？

簡易上手的絕情書

正思考如何寫一封絕情書，本以為很難下筆。我突發奇
想……翻出一封年少時熱烈的情書──在原意完全不變
的原則下，打成Word文件，刪除形容詞，增加分段，並
於分段開頭加上第一點、第二點、第三點、第四點……
內文添加更多標點符號（而且要用得慎重而準確），
再把之前因為激情而寫錯的字改正（保留「追蹤修
訂」），將他的稱謂改用精選的美術字並加上Dear或如
晤，全文轉成標楷體（加粗），最後列印出來，限掛寄
出。結果……他竟然回信說他完全瞭解一切的一切已經
不愛了。

戀人絮語

無聊有兩款：這樣也無聊、那樣也無聊。今天把這樣和
那樣湊在一起，變成一塊完整的空白（妳聽、妳仔細聽
有聲音喔！）──空白內傳出無聊的對話潺潺涓涓、蟬
蟬蜎蜎、嬋嬋娟娟……

婚禮

停電的夜晚，我跟我青梅竹馬的小女孩點上蠟燭，用手
勢在牆上作出老鷹飛、兔子跳、狼狗叫等等剪影。
有一雙小女孩的手影突然逃走了，在電恢復之後，也沒
有回來。
多年以後。小女孩經歷許多人生的轉折而長成輕熟女，
她有一雙白皙的手，我斷定那是手影子逃走的緣故。後
來……在教堂的聖樂中，我將婚戒套上她的手指，那一
刻，我感覺到並且隱隱看到：雪白的蕾絲手套內，有純
美如絲綢的黑色影子流動，是童年逃走的那一雙手影子
回來了嗎？我以一只婚戒箍住驚惶不安的影子，並緊緊
握住女孩的手，不讓影子逃走。
「我願意……」她害羞顫抖地說。「我願意！」我脫口
而出的瞬間，感覺女孩的手變輕變柔了，手套內的手影
子登地蹦出！
原來，當初逃走的剪影是一對小鹿啊。牠們在婚禮上逛
了一圈然後躍入我胸口，用犄角快樂地撞，撞啊撞的，
甜蜜蜜那種疼。

發表

髮如果溼了是不是就不能對風說話了呢？髮如果沒有陽
光來梳理是不是就不能像雲一樣輕輕掠過或略過生活？
髮如果剪短了是不是比較不會彼此糾纏？……
我喜歡妳的疑問句。我輕撩妳的髮，悄悄摸至後腦杓，
對準冰雪聰明，迅疾投遞一首情詩、束髮、繫上水藍髮
帶，完畢一連串動作；見妳馬尾甩一甩，翹起，就知道

我是妳的內容了。從今以後妳坐臥、妳行走、妳天涯海
角──等同妳意象、妳節奏、妳朗誦我倆。

我宅

太靜寂、太安逸了,這客廳正在無限地無聊下去。客廳
焦躁地甩門外出,我箭步拉住它:「請你等等!我是可
以弄點聲音給你的⋯⋯」我試圖挽留它,不讓它跟世界
鬼混。

霧中海芋田

在舊日相戀地點徘徊,離開時倩女忘記帶回一縷幽魂。

久別

機場入境大廳,她拖著哈爾濱向我走來,背後依序跟著
俄羅斯老教堂、結冰的松花江、大雪⋯⋯檢疫犬沒有嗅
出任何走私物件。當我們擁抱時,瞬間彼此冰雕了!然
後,我們在亞熱帶臺北重新一點一滴融化。

初戀

焦躁地望著航廈入境大廳跳動的顯示板,ME2013班機
奇怪地顯示:她已到。她改時。她延遲。她準時。她取
消。她她她⋯⋯她不停地閃爍變動,在我心中。

鄉村情話

秋天剝我，像豌豆，就這麼一竹篩遞給矮凳上的午後，
而豆莢鋒利如彎刀棄置在地。想念纖纖十指在身上操
作，我忍不住彈跳翻滾像豌豆於竹篩，靜下卻又肉肉地
顫抖，彷彿即將光臨的星子顆顆閃爍。

萌

那熱情的女人穿一件剪裁保守的黑色高領喪服，極簡，
懷憂，隱忍……唯一的飾品是掛在手腕的念珠，念珠仰
望淚珠一顆一顆解放。

愛情電影

這天妳趁我睡著，在我身上植入幾齣戲，我的人生就開
始有妳了。我甦醒，沐浴，穿上浮生，推門外出。途中
有風吹來，對妳的思念涼涼，有亞麻質的感覺。
每週，我都準時坐在戲院觀賞別人演出我們的愛情。

藝術

妳彷彿就要轉身。
瞬間所有的美，都集中在「彷彿」。真「轉身」了就
不見得美了。美皆在動態中、萌芽中、發展中、未滿
中……未開盡的花最魅，未完成的畫埋伏一支想像力
的狙擊隊，最傷心是將墜未墜的淚，最情詩是莎弗的斷
簡。

爭吵

一個吻和一個吻之間，齒牙尖酸。

冬日，冷言冷語在家貓著。——突然，謊有點慌。

貓跳下牆，動作快得像一巴掌。

一朵花癡你！一朵花吃你、吃你，打個飽嗝，才知道停止愛你了。

你滾！像球，心中有氣。

春夢

脫光世界，剩下飄飄的鬼，鬼在叫，酒在睡，我醒在睡的深層裡。我的肩膀以上，晚鐘壯碩。今夜啊啊啊～～削尖寒鴉，讓你鬼叫。

情書

公車無故在我身上繞路，讓我舒服。車尾拖行千絲萬縷交纏的路線，突然一聲「我愛你」撞過來，急煞車，車窗嘩啦啦飛出十七個吻，散落在峻嶺、幽谷，以及潮溼的雨林。公車門刷啊打開，一隻梅花鹿跳下，小心翼翼，彷彿有孕在身。車門關上前，倏地，又跳下某一年深刻的某一夜。

悄悄話

毫雕你的耳根，細緻你的聽覺，舌尖勾引遠遠一顆流星擦過鬢角，瞬間愛恨走個火、入個魔，也就沒事了。

藍眼睛

她眼睛是藍的，在失神的臉上待久了懶懶的；偶或藍眼睛繞著一艘船，船上潛水者一往情深地跳下、跳下去，她藍眼睛只起了些漣漪。藍眼睛傷心時，眼眶泛紅，像彩霞在海洋邊緣渲染，很美，忍不住的一顆一顆星脫光，躍入藍眼睛裸泳，直到很黑。瀏覽的魚卵，夜空一樣燦爛，她獨攬。

陶

捏塑淘氣，成心形，陰乾，讓它暗地維持樂觀，或者好玩，再以月光搔你內在，即便高燒也不能龜裂我對你的愛。

瓷

讓飢餓久候了，我以瓷筷夾起一片深淵，滑不溜丟，像一句我愛你，不小心脫口而出。

心事

落葉是女人寫給女人讀的書，三兩字飄過窗外，月亮踩得柳梢頭窸窸窣窣，有一個故事隱約在哭。

緣盡

我愛你，像時光倒流；你愛我，像將來。

愛

如果這世界最後剩下一首詩,那一定就是情詩了。

情詩充滿水聲,嘩啦啦、嘩啦啦……流過聖經一樣的肉體、流過樂器一樣的思考、流過晚鐘一樣的包容。

情詩是人與人、人與物、人與土地、人與世界、人與神彼此傳達關懷的方式。

愛無色無味無法捉摸,可它偏偏又具有能量不滅的性質。

愛是人類最普遍的主題,卻製造最多問題。

愛太過於本能,可它偏偏又太過於隱晦。

愛博大時,恰是愛的自私悄悄蔓延時,這是玄學的領域。

愛如果太肥,一定令人消瘦。

愛簡單,只要一句「愛或不愛」。愛複雜,絮語歧出,充滿再生的密碼。

愛甚至超越了分析,愛不用分析,直接就是行動。

愛不要從自己出發,要從為他人著想開始……

有過深深不愛的感覺,才知道愛的高度。

愛是一種關係,卻是遞出而不心存回饋的一種交流。

愛,可以激情、可以革命、可以友誼、可以利他、可以神話。

愛,積分至無限大;愛,微分到無限小──都可以;也可以簡單加減乘除,得出──用手指寫在浴室水蒸氣鏡面的「一顆心、一支箭、一個名字。」

當愛太濃烈時要降低含鹽量、降低卡路里,要多運動、多喝茶。

達菲(Carol Ann Duffy)這樣說:「愛是天分,世界是愛

的隱喻。」

雨珠
那顆在肩膀上滾動的雨珠性感一笑,笑得像天剛亮;那顆自肩膀上失足如墜樓人的雨珠,如此殉美。

女性議題
在男人一般稀鬆的草坡,躺著墜落的果肉,勾引金蠅團團轉,當季、在地的情欲。最甜的時刻、也是最爛的時刻,狐狸像鑰匙,轉動,猜疑,牠鎖定草坡,叼著幽冥,嗅風向,傾聽落葉一片一片離枝、一次一次辜負……在女人一般成熟美好的晚霞時刻,來自家庭概念的剪刀像燕子,鐵著心,成群果敢地飛走。

想要攔阻
不能攔阻空氣愛我不愛你。不能攔阻沙像愛一樣附著恨。不能攔阻兩腿之間被包含在天地之間。不能攔阻時間離開一個死人又改嫁。不能攔阻神和神經和精神之間的誤解,像我們。不能攔阻我們是芸香科卻屬蛇,雙頭蛇。不能攔阻貓怕水像詩怕無聊。不能攔阻門既身為門必須攔阻的道理。愛就是失誤,不能攔阻。

說愛情

我的壞習慣是不敢承認彼此竟然已成習慣，此一習慣不可能讓我們轉好。

星星

你對我眨眼暗示，卻什麼也不說，那我怎知道你是要我回家還是遠行？你託明月寄來的信我早就收到了，內容閃爍，彷彿我們從未親近過。天亮前，終於一句流星脫口而出。但已經來不及了。

情欲

通常谷崎潤一郎只講故事，裡頭其實沒有性的動作，動作是你腦補的。他只是哼旋律，你就跟著唱歌走進熱帶叢林。

滑戀愛

色色的楓紅慫恿秋風瑟瑟地彈奏戀人裙褶，你正在滑手機；飛絮趴在戀人肩窩抽噎，你正在滑手機；日出送禮給戀人一個日暮，你正在滑手機；夜深深愛上你的戀人，你正在滑手機；⋯⋯戀人依偎過來滑你手機──你滑戀人！戀人就一直翻頁一直變臉。

兩個人

有一個人剛剛經過愛情，行色匆匆彷彿跟寵物走散。愛情是另一個人的事，另一個人坐在月臺的長椅，數著一車廂又一車廂的抵達和告別。

其實

愛情最後都變成依靠，失去愛情不足以悲傷，悲傷是因為失去依靠。

新發現

親愛的，你醉回來，躺在床上呼呼大睡，我脫掉你的鞋、你的襪、你的衣褲……這才發現，這是個「你」好亮，你身體吸飽月光，我伸手一觸，就探入你的鄉愁。

荔枝

忽然想要剝開妳的淚滴一探究竟，妳的淚變鹹，都是我嘴這麼甜害的。

雪落的聲音

像極了情人用眼神說話，隔著籬笆，互相融化。

平靜

傍晚，陽光慢慢滑下來，慢慢胴體癱軟，最後躺進影裡，影躺進夜的沉吟裡，終於弄熄那惹火的青春。

騷擾

這女人枝枝節節，在春天，這女人忽然桃花李花，迎人笑的風啊用文藝腔摩擦這女人，這女人就吐了一身山水，不舒服得像被美誤解。

大剌剌

妳笑得長河落日圓，還帶有煙的味道；妳哭得風行草偃，哭得不甩君子也不甩小人的道德；妳總在峽谷邊緣玩耍，像霧一樣莽撞，像深淵一樣認真。

那年颱風

我騎著一聲「救命啊～～」經過一句東倒西歪的「我愛你」。

童話控

我喜歡妳用童話騙我，小小一篇童話作為誓詞，彷彿透過神之口念出來，我會大聲說：我願意。我喜歡妳每天在床上一翻身就變為小紅帽、睡美人、灰姑娘、白雪公主……但我不喜歡妳說妳愛我，這讓我懷疑童話。

海圖

在妳腦海，船隻如同想法，緩緩入港了。在妳舌頭起居
的浪，晨起滔滔不絕。一個時代的風氣，在妳耳根歇
腳。在妳髮梢，遇見天涯的鬢角。在妳不在時，長空有
孤獨，摸起來淚一樣的絲質。

頁頁想

左邊的書頁，右邊的書頁，每當我打開閱讀，左頁右頁
就悲傷地分離；當我闔上，左頁右頁就快樂地相聚（但不
確定相愛）。我經常忘記書中的故事，撫著左頁右頁，打
開（分離）故事開始了、闔上（相聚）故事中止了，左頁
右頁在不確定是否相愛就頁頁夜夜泛黃、老去了。

離別

我踮起腳尖，抓天。天很滑，像飛機自雲隙溜走、像你
走。

愛過火

把千言萬語都塞入一個名字，輕喚妳，妳名字憋不住突
然大爆炸，傷及無辜。檢調人員來了，說：「這是謀
殺，否則碎骨頭怎會精心毫雕著她的名字？諦聽遍灑八
方的肉末，也全都尖尖細細喚著她的名字？」這種愛，
檢調判斷是政治，政治迫害。

骨灰類型

當你想起我，我在你家後院櫻花樹下等你前來，前來舞
蹈、飲酒，和推理。

微武俠

酒館中。

——就你一人？

——是。

——照樣的酒？

——嗯！

——好吧，寂寞說了算！

酒保旋身取酒。

俠客一口乾了，眉宇洩漏心事……

與情人對招的情境浮凸於俠客烏青之胸臆。

當時，對決激烈，

情人髮尾甩出一句溼淋淋的再見，

殘忍更甚刀劍。

——太傷人！

夜來勸，星明滅，

孤僻的都市靜觀其變。

——苦啊。俠客長嘯～～

情人不朽的掌風，將俠客打入古代，

又吸回現代，像時空穿越，

並不直取性命而是

打入、吸回、打入、吸回……反反覆覆。

俠客再飲一杯，

回憶那掌風綿綿不致人於死，
卻比死還苦。反覆恰似
愛、不愛、愛、不愛……
無始無終，
酒館中。

奧客與俠客

低落的經濟，頭犁犁，恍神行過竹林，忘路之遠近。忽
逢奧客對俠客耍劍，每一招，只為尋求一個活下去的解
釋。俠客不敵，負傷扶著沮喪的經濟，顛躓，搖晃。奧
客說，「懂楣桷，比懂功夫重要。」俠客一口鮮血吐向
荒煙蔓草的產業道路，夜雨淅瀝，呵呵，十幾年不思議
就這樣白費工夫。竹林上空轟隆隆，奧客搭上直升機，
趕赴其他江湖，參加競選活動。經濟抬望眼，仰天長
嘯，裝激烈！

小愛神

海中升起星期五，泡沫歡呼；今夜，暗香胎生，戀人絮
語長生。小小的愛，是神。

如同愛情

「喂～～天堂嗎？」
「請幫我轉答小壞蛋邱比特──我換手機了。」

俠女

從小她就喜歡聞書籍的味道，即便在看不見紙張的網路出版公司工作，她仍迷戀各種紙材、印刷油墨的氣味。

她具有憑嗅覺「進出」書籍的天賦，翻開某頁，一嗅，整個人就進入情節，而她熱愛的恰是武俠小說，嗅到誰、就幻化為誰。多年來她進入武俠世界練就曠世絕學，行俠仗義，也經常渾身是傷回到書籍外。

在她少女時代，曾剪報某部連載小說，貼成冊，凝神一嗅！她輕易進入一處江湖，她在那裡熱戀了。某天，冊子莫名遺失，她與戀人就此失聯。傷心的她，決定再也不靠嗅覺進入書籍的世界了。

今日在一場武俠小說研討會中展示許多絕版書，她發現了那部小說，「我還以為只有連載而沒出版呢！」她喜出望外，捧起小說深呼吸，卻進不去，「啊！我的天賦消失了嗎？」

她改用讀的……卻驚見，當初她進入的那段最爛漫情節，被作者刪改了。

公主們在春天走進果園

白雪公主說：「我沒有愛過。」睡美人也說：「我沒有愛過。」她倆邊走進春天的果園，邊異口同聲說：「突然一個吻，能代表愛嗎？」毒蘋果和紡錘，只是物件，並不代表愛的過程。「跟王子們也沒有過程……」她倆愈談愈有氣，都說：「童話是有問題的，」又說：「愛是『過程』，童話一開始就該注意這點！」

鬥嘴

情人們膠著於夜，月亮的臉暈了，內容草木皆兵。言語暗成不經意的灰，風吹去，空中閃爍一點一點並非星芒，近似牛角尖。

臉

睫毛眨巴眨巴，忽地，柵住正在傳播妳美麗的風聲。妳眼睛是江湖，多風波。妳眉的野芹叢裡一顆小痣如黑貓因猜想而躡足而頻蹙。淚的急流處，總有青春泛舟。

我心打算

你很遠，遠過近在眼前的一聲小抱怨；我輕觸你臉頰，觸及海角天涯。你不在……我在、一直在，就足夠你信靠愛。

奇幻返航

太空船外，是海藻，珊瑚，大規模的幽幽黑光。
一頭巨大的藍鯨游過來，以鯨眼覷著船艙小窗口。
艙內有一個人坐在小窗口的位置，他在藍鯨的眼底下如此渺小，孤寂。
「飛越光年抵達不了我愛你……」返航途中，月亮升起一聲再見，其他都是雜音。

我愛執

最堅硬的,不是犄角,是頂撞寂寞那瞬間。

碧潭

煙雨是我的戀人,戀人慢慢行經吊橋,晃呀晃的紅色吊橋正在操心,愛情濛濛,灰得像懊惱的雲。

感官

你姿勢雪融,身體被衣服薄薄地皺那麼一下,就擠出嫩芽,櫻開始。你絳脣立春,恰恰黃道零度,骨頭也零度,黑髮窩藏的鷥忍不住。

舞蹈

如果你滑行,我願是你的鞋底;如果你是意義,我願是一枚字體;如果你中場休息,我願是夜色坐在天階守護你。

決定了

你寄來的信,我都不相信,我只是小心把郵票剪下,飄在水面等待膠質融化,讓郵票與紙分離,徹底分離。

手寫稿

想辦法先讓一個字占領一張害羞的紙，一張紙是今夜
的新娘，天亮時揉皺了，皺褶中一個扭曲的字，像
「愛」，又像「受」。

畫愛

畫畫時，要怎麼表現冬天呢？就用你告別的方式。要怎
麼表現春天呢？啊就用我想你的方式。那麼秋天夏天怎
麼表現呢？就用膩在一起的方式吧，久了不是心涼就是
躁熱。

舊情懷

從前說不愛一個人，思前慮後，惦念那個不被愛的人都
還好嗎？再見說不出口，返家途中又踅回對著他的背影
說一聲多保重。

從前整理情書寄還給他，一封一封讀上一遍或許再淚眼
一回，撫平信封，疊好，找一條優雅的絲線十字綁好，
左右為難該打上死結還是活結，放進一個甜甜的餅乾鐵
盒，悄悄對著鐵盒說幾句傻話，怕月光聽見，膠帶沿邊
封好，回憶也封好，終於親手埋葬似地自欺欺人。

從前不愛一個人，要多年以後才不愛，而且也不是真那
麼不愛，恨也是小心翼翼，怕給人發現。

總是刻意不走兩人走的路，不涉兩人手牽手的景點，避
開熟悉又彷彿的臉孔。家裡的電話響起仍會心驚，在沒
有手機的年代，總是搓著自己的手望向前方的窗，好像

對著現今的螢幕視窗發呆。

從前的療傷緩緩淡淡，悠悠遠遠，把時光拉扯得好長好細，所以有了所謂淒美這樣一個詞。一日如三秋，在沒有網路的時代，從前分手後總想到下輩子還能如何，始終對愛愧疚而不是對誰愧疚，始終想著那人過得怎樣，而不是自己能怎樣。

從前相信的，現在不信了。

看手

有時我背著手，左手掌輕握右手掌，小徑散步向我，這時感覺光陰慢慢的、人生漫漫的。

有時我雙掌手指交握，在胸前，左手掌稍稍使力，當我焦慮，這時沒有刻意祈禱什麼，只是呆坐著。

有時我左手搭在右肩，右手搭在左肩，用力，像擁抱，這時有一種筋骨酸痛的感覺，應該是我長期坐在筆電前敲信給你的緣故吧，酸痛的感覺延續到心裡面，我就想到你的手，正握著別人的手。

共徘徊

漫步雲端之後，下來坐坐，喝口茶，然後我們帶著悲傷上街，在街上遇見一朵雲，「雲也下來散步啊～～」雲說：「天曉得，心事那樣飄了一下，就到異鄉了。」在街上我們遇見穿透雲端的天光，「天光也下來散步啊～～」天光苦笑說：「原只為帶些溫暖到人間，沒想到就光速墜落，殞碎在大街了。」雲和天光發現我們身

邊的悲傷，「悲傷也來散步啊？」悲傷邊走邊擴散，感染雲和天光，於是，雲開始有了陰影、天光開始轉為暗淡，天氣憂鬱得要落淚了……此刻，我們只好當街緊緊擁抱，堅定彼此，因為只有愛，可以節制悲傷。

蟲洞

宇宙中，許多元素反應，你應該愛我、我應該愛你；我們繞行彎曲的天體，上帝或者科學皆認為，我應該找你、你應該找我；已經兆兆光年了，距離遠到我們都忘記擁有奇妙的心，從心到心，有一個蟲洞是捷徑，我們穿過蟲洞，來到一部穿越小說，寫出你不像你、我不像我，我們在平行世界重新來過，但結局要記得：我應該愛你、你應該愛我。我們的愛怎麼可能是宇宙呢？宇宙總是獨自跳舞的。

玫瑰

深夜的玫瑰慢慢微笑，愛也該夜深了；褐色之刺觀察大雨中隨風搖曳的人、折彎的人，以及隱隱刺痛的人，他們想起微笑卻忘記玫瑰。

卷三　喵一聲是我對明天的想法

動作片

洗衣、脫水，轟隆隆的馬達終於閉嘴。陽臺外那株菩提樹反倒趁機抽高蟬嘶。我正要晾自己的衣服，忽見街上一人穿著跟我手中的一模一樣，而且他橫越馬路的方向似乎就是我家，他跌倒，模樣像一把斧頭，一輛輛車正疾速撞向他……千鈞一髮之際，我把他晾起來，他在滴水。

偵探片

從靈異返回，就在剛剛破了自己的命案。事後想想太過理所當然，關鍵竟然是十三朵白菊花？瓣瓣有破綻，將破綻著色填滿恰好是我的一生。推理的結果，就只是因緣了斷。左想右想，這答案太兒戲，要再回去對菊花查證卻已經回不去了。突然我失去靈異能力，此刻我正呱呱墜地。

美食篇

我吞風雲，我開始詭譎，變色、變很色。
我咬一片天，我變脆、變很甘脆。
江湖傾注於大器，我狂飲，你讓我口乾舌燥。
我喝海洋，浪蕩我。
我食星星，夜夜在你身上閃爍其詞。
餐後，柳丁切片似的圓月餵我吃光。
一聲飽嗝，全是寂寞的味道。

米飯

吃完臺灣白米飯，不要馬上離開餐桌。聽一下瓷碗空腹時，對人生的飢腸轆轆。探一下碗底深淺，那不是深井，是言簡意賅的天。再注意碗內碗外，親情通話的互惠活動。再親灼地看一下有沒有其他迷路的飯粒，二粒米是指「愛你」、三粒米是指「我愛你」，超過三粒米在碗內不規則排列就都是愛愛愛愛愛……哎，這樣浪費，你要把愛吃光光喔！

.

飲食男女

熱呼呼的杏仁茶配油炸粿，蚵仔煎配醬汁，豬血糕沾花生粉，這才對味。勾芡牽羹，當然要加一點糖、一點醋，這是愛的滋味。

鄉愁佇在舌尖上

鍋形月亮站在路的盡頭，遠遠聞起來是爆蔥的香味，月光向下鏟了又鏟，菜菜的人生，醬油色澤的夜，路燈溫柔如母親的圍裙。三杯雞鳴，麻婆豆腐心。

夏天的日式午餐

魚子醬茶泡飯，米粒呼嚕呼嚕溺水，海苔和芝麻等一下也會溺水，朱釉漆器前來搶救幹嘛臉紅？蕎麥麵冷靜，蔬菜天婦羅炸出觀念，在親子之間。筷子夾起蛋形夏日，好燙──舌頭記住，很久很久、很熱如戰火的以

前，曾經抗日。

專業煮字

將書房移至客廳，書架緊鄰廚房，日常煮字，就近料
理。小屋小小，我心野，小屋便遼闊。我新添了食譜、
刀子、香料，以及菜市場半買半送的半斤活字。文文的
爐火熬著一鍋甲骨文，烤箱有金文銘文，也有漢隸在一
旁作我助手。我煎一枚愛，對傷口撒鹽，該字難料理，
如篆的煙尖叫著飄出窗外，隨它去吧。分針秒針行走行
書，夕陽斜眼看我，我亂髮草書。我繼續煮字，擔心這
頓字療不了飢。門鈴響，女兒放學回來，看我忙得滿頭
大汗，「趕稿嗎？」她問，我答：「煮字。妳也餓了
吧？」她瞅一眼凌亂的廚房，深吸口焦味，說：「爸
比，不用煮我的，我要去補習了。」我歉然，用眼神示
意桌上錢包裡有「錢」這個字，她直接抽走一張新臺
幣。我繼續煮字，直到太太下班，她建議別煮了，外食
去。我們到社區附近吃餃子，我說這家店的名字真有
趣，叫「周胖字」，太太糾正說是叫「周胖子！」她搖
頭嘆道：「難怪你字煮不好。」

療癒夕

下班回家煮飯。用男人的力量拍扁三顆情緒性字眼，蒜
味濃。
脾氣猛爆香，滋滋嘶嘶⋯⋯橄欖油你是蛇嗎？
蛋炒飯時，米粒想念稻田，蛋解甲想要歸田。

鹽一旦灑下就不能回頭張望，否則，孤影會變成鹽柱。
青菜與品格意思一樣，無非希望你身心都健康。
兩面煎魚，想起如果方舟像這樣翻來覆去怎麼辦呢？
邊吃飯邊看電視，新聞該說的一句都沒說，但我的沉默
比媒體病重。
待會兒我想出門倒食餘，遛狗，順便消化一肚子不合時
宜，偏偏又遇到下雨。

和菓子
我的指尖、指腹、掌心正在思考，其實是觸覺在思
考……
「揉」這個動作，纖巧、機智、溫柔，不過分的一顆
心，甜蜜蜜地偎近情欲。在你開始覺得愛的時候，餵你
眼睛一小口一小口，像月光對花叢那樣犯規的小動作，
而在你已經很愛很愛的時候，我就暗香了，若有似無。
「捏」這個動作，深淺輕重，指尖美美地知道，膚質如
山水，穿和服碎步經過我身旁的那種療癒系輕霧，輕霧
是感覺情人的方式。你深意、小心地捏我，我知道疼是
一種甜度，一種藝術。
揉啊、捏啊，這初心的變化，坐在禪中的茶都知道。茶
睜著水水的眼睛，回憶茶葉製程中被揉啊捏啊，像愛，
像和菓子成形一樣。

烏魚子
以前回高雄茄萣過年，年菜經常有烏魚子，一「比」

（臺語的單位名）切片，片片元寶黃，夾一片喜氣入
口，細細嚼，都是大海的感覺。茄萣是烏魚的故鄉，每
年冬至前後約十天是最佳捕「烏金」的時期。母親料理
烏魚子是疾火速煎，三分熟，軟硬適中，色澤澄燦；有
時為解饞，直接切塊，倒蓋瓷碗在小凹槽點燃58度C的
高粱酒，慢烤，微熱即食，魚卵鮮香又有高粱香押底，
提升味蕾層次。母親以前跟其他茄萣人一樣做過烏魚子
的加工，採卵、綁線、清洗、去血、鹽漬、脫鹽、壓平
整形、乾燥、成品……她是行家，烏魚子好壞、醃得有
心無心，一眼判知。烏魚每年都固定時間揪團游來相
見，雖然短暫，但牠們卻「言而有信」，因此鄉人又稱
烏魚為「信魚」；牠們是大海寄來的魚箋，今年我特別
來看有沒有母親的消息。你瞧魚烏子形狀像不像一顆琥
珀淚滴？果然鄉愁嘗起來是鹹的。

家常
今天我下班回家煮晚飯，順道為孩子準備隔日便當。
米飯熟，掀鍋，深思的米香，靈光的米粒，氤氳若愚的
整鍋大智。
心很爐，來燒菜，往事惹火，俗世過火。
靜，在鍋鏟喧囂間。不添油加醋工作，不炒人際，不油
膩日子，不魯蛇，適時激勵自己一定要日復一日喔（握
拳）。
菜餚簡單，心可以豐富。幾道菜，可以一桌愛，配著吃
點電視無可無不可。
對活著，不太挑嘴；對死去，茶餘飯後。對人生一切之

經過，不可飽食終日。

親愛的孩子，學校今天有什麼事？幾句話，或者稍多，
聽起來不鹹不淡也都還好。

不過呢，我說，最好對教育的態度要超過些，對學校的
姿態要遊戲些，太乖將來會太辛苦。

親子閒聊，不刺探，只信了真、只愛了善。

晚上，老社區安靜地秋天了，日日堆積年紀，夜夜推倒
年紀，我不太在意。

剛剛快炒時，抽油煙機抽走一些油膩歲數，剩下的香，
已足夠仙風道骨。

切盤水果，請隨意。沙發上，我自由民主地瞌睡。

吐司之味

烤麵包機這時彈起一片吐司，濺了早晨一身粼粼。再把
壓桿按下，烤了第二次，彈起一片陽光，奶油色的大
地，一對野馬就這樣脣齒相依地奔向心頭。

德國廚具

陰柔的早晨，在陽臺欣賞盛開的紫羅蘭，一朵兩朵三四
朵，一些花苞欲說還休，澆澆水，風有點大，近中午陽
光露臉，我和妻決定到一家廚具店，現場有新廚具使用
方法教學。走進店面，展示臺有尼采格言的架勢。廚具
都是鋼製的，二月天氣也是。這麼乾淨的廚具，我老覺
得料理不出傳統滋味。形形色色盈室的鋼材，有種歷史
之哀傷與秩序之絕美，像普魯士軍隊環伺。我很難適應

四周都是虎視眈眈的鋼材，而要造就的卻是美食。那位店員小姐以德國式下巴，努力教導我們作菜，彷彿廚具比食材還有尊嚴。憶及民族性，鋼材的沉重、冷諷，讓我想起德國的藝術家。

回家

鞋子不想走了，它站在夕陽下，慢慢長出人的影子、樹的樣子。

家書

寄出去的信，以最速件變天，回函都是雨點。我寫、我再寫，等同我愈走愈遠，一不小心就走到鄉愁了。天上的您一直是我抬頭可見的紅瓦屋簷。

盆栽

種一排有色眼光在陽臺，日日澆水，長出吸菸沉思的樣子。

搭計程車

城市以破碎的手勢，招呼計程車停在勞碌命。雨中，擋風玻璃顯示前途模糊。斑馬臉上的線愈來愈多條、愈來愈黑，我國亂象沒人指揮。愈來愈少的流浪狗和貓肯放下身段去找回走失的主人。時光傻傻地閃著紅燈，黃

燈，綠燈……下車時，路口我一個人故障。

藍日子
星期六浪費我、星期日繼續浪費我，我無所畏懼，充滿霸氣！直到星期一上班，所剩無幾的我面對霸業，臉色一開始淺綠，繼而轉成紅紫，最後成熟為一顆小藍莓。

安徒生很會剪紙
他剪一聲爸爸，剪一聲媽媽，攤開就是童話。他剪出好人、剪出壞人，樣子都精彩。有時剪得不好不壞，樣子一看就是詩人。他剪丹麥給夜鶯，剪鐘聲給寂靜，剪天堂給賣火柴的小女孩。他剪剪愛，再攤開——他自己的愛總是不成對。

天亮了
深夜一隻失眠的蚊子將我拖到左邊、扯到右邊，拉上又拉下，讓我這樣笨重的軀體像傀儡跳舞似的，最後，靜止在血紅的一小點，小點慢慢暈成大光明。

驢或騾
地球打個滾，黎明順勢滾到夜那一邊，於是，誕生了可愛的一天。

井

我向上吶喊，天空將我的聲音拉上去、再上去……遂化作自由自在的飛鳥。

笑的與甜的

這一天比空曠更空，灌溉一兩個孩子，長出向日葵。這一天是空的，給愛，土屋就笑了；如果笑起來不豐富，這一天仍是空的。於是我請村莊裡的孩子們一齊把圓圓的、紅通通的太陽沿山坡滾下來，滾下來，心就填滿了；此刻，空間像棒棒糖一樣甜。

名叫桃花菊花的小女孩

我們在鏡子裡發現臉頰泛起天色，晨光中，我們梳長髮，挽成辮。

（出門前，早熟的童年瘦瘦地投影在土牆。）

我們的眼睛最深之處，既是千山萬水，也是一抹靜靜的霧。

我們夢想著遠方，我們知道，藍布鞋有一天會蹦蹦跳跳地變成天涯海角的好朋友，那時藍布鞋會開口笑，笑出花。

我們——我叫桃花、她是菊花！貧窮教會了我們更要綻放。

群山帶著桃花菊花上學去，溜滑而下陡坡，一路險險地保持平衡，這平衡教會了我們快樂的方式。

花非花
雨中跑步回來的人愈來愈近、愈來愈像是被雨絲操縱的傀儡。

度假
天空自一棵神木溜下來，窸窸窣窣踩著枯葉，來到湖畔，看倒影中雲來雲往，急似白髮。

我有一個夢
你們經過我身旁，隨手對我摘下段落，撞歪我幾行，讓我不通順，我只好改行去寫詩。其實，我只不過夢想這一生好歹像個小故事，可以讓孩子讀。

跑到失落
今天跑步不小心跑到天邊，衝過天邊就是昨天了，我沒遇見昨天的我，昨天的我剛好外出跑步了。

母女
夕陽拉長妳的身影由青絲到白髮，妳吐出之氣凝成玉，妳蒐集大江大海黥於面，妳放任圖騰喃喃咬文嚼字，天空輕咳一聲是神的壯膽行為，我恭敬收下妳霧濛濛的手澤，在溫泉之畔，傳承妳女巫調製湯頭的任務。

賴床

有一天媽媽變成喔喔喔公雞跳上你的床，在你床上啄一顆大太陽，弄出玻璃聲，雞爪子向後刨刨刨，把地球刨到光明的那一面，突然，床單一陣山風海雨，跟窗外的臺灣一樣經常變天，老鐘以分與秒的長短腳，踢七點鐘滾出鐘面，蹦蹦蹦滾了七翻。你終於，啊終於一麥粒、一麥粒地醒來，在枕頭上發芽，小可愛的葉片張臂打個好大哈欠。

度日

早上七點，我把「今天」扛起來，很重，比一聲嘆息還重。我匆匆出門，小小繞人間一圈回來已經深夜了；我卸下「今天」置於眠床，啊變輕，比一生富貴還輕！

晨光

光線文靜地經過我，對耳根說話，吐息纖細，恰恰勾引寒毛機警。這時，薄霧吻了眉梢就貓似地跳開了。光線陰翳如幽魂正吸吮我，我愈失血就愈滿足，欲念蠢蠢，一恍神，我就被光線拎起來抖一抖直接甩到上班的途中，一臉蒼白。

多彩多姿

自服裝界飄然而至的衣物們終於硬挺起來，多彩多姿地打開一座囚禁它們多年的衣櫃，赫然，看見赤裸裸的人

類在衣櫃內吊成一排，一排人類赤裸裸模樣真單調啊，
倒是臉上的恩怨情仇多彩多姿。

身體
放飛靈魂，淨空的身體用來盛滿祕密。當別人看不出此
生此世之端倪，就擁有超能力──變白天成黑夜，變黑
夜成白天，歲歲年年，直到塵歸塵土歸土全部變不見。

搭電梯
魔鬼沐浴後，穿上天使，飄然進電梯，按上或下？正猶
疑……同電梯的人類不耐煩地露出青面獠牙。

陽臺
七里香在夜裡寫毛筆，飛白的香，到心不止七里。一
旁，楓之嫩葉筆鋒含羞。再一旁，都是一些喊著綠啊、
綠啊的草本植物。還有一個大陶缸前屋主留下，我用以
插傘，傘歡聚，鬧紅快綠。再就是一個小石磨，將五月
磨成夜雨。

舒壓
梅雨季，萬夫所指的天空，雨纖纖，纖纖玉指撩亂我的
想法──卻道是芳香療法。

一生

這是壯遊最短的一次，這也是回家最長的一次。

母親

那天母親入夢來。她撫摸我額頭，輕撩我睡亂的髮，順勢摸到我後腦杓的一顆痣，輕輕一按，痣就沉下去，「原來那顆痣是按鈕開關啊！」我整個人被霍然地打開──她走進我的左心室，坐下，開始一針一線密密縫，縫出一件人形。她哈腰站起來，邊抖一抖人形，邊步出我心。她再次按下那顆痣，刷一聲，又關閉我，恢復原樣。她把人形穿上我身，面露滿意的微笑，又幫我整了整，拍拍我肩，我忽然覺得好幸福。我才剛要喚一聲母親，就醒了。

客家

阿婆的髮髻，拋諸腦後的一朵銀雪雪的花。阿婆衣衫是藍天，風吹直爽。阿婆的芹菜，綠到堅忍不拔。阿婆嚼菜脯，時光散步在桐花小路，恰恰又飄落一朵小冥思。

夢

他書房裡的書櫃、地板、任何空隙都塞滿了一冊冊、一疊疊、一落落的夢。問題是他還是無時無刻製造夢，黑白或彩色，夜夢或白日夢，他已經老態龍鍾，最後的歲月他得好好整理，該資源回收的、該丟該送的都歸類，

「一切都是夢啊！」他喃喃自語。他太太走進書房，他望著她問「你也是夢嗎？」「我是你太太。」「喔？」他低頭繼續整理，不顧太太是否還在一旁。「時間不多了，」他低語道：「……終於要整理好了！剩下的，就是今天一定要搞清楚──到底我是誰的夢。」

情趣
三樓陽臺的小楓樹對路人射出忍者鏢，日日故意擲不準，原只為提醒路人抬頭望望天。一旁的紫花金露看在眼裡全都懂得。

貓熊
貓舐鮮乳，品學兼優的樣子。熊吃蜜，野孩子放學的感覺。貓熊啃竹，像熬夜讀詩。

元氣
早晨，這早晨還沒人使用過。我搶先太陽，炒熱人生。

打開家門
吉祥的、敦厚的一盞小燈張開雙臂，迎迓一個旅行歸來的暗影。家具苦守、有時Kuso（趁無人在家的時候）。……暗影進來了，汗流浹背，心已秋涼。

測體重

每天早上，站上體重計之前，她先卸下最後的衣物，卸下思考，卸下一份希望，卸下心中的雲，浮光，倒影，卸下昨夜星辰昨夜風中的人生，然後，靈魂乖巧地扶她站上去，數字開始跑，在曠野中跑跑跑……

進度

每天只有幾個字的進度，如果寫的是人生，這樣的速度太快了；我放慢，再慢，只保留寫的姿勢，騙過人生。

生日

這日期多麼新鮮，海鹽味，沒有被意義污染。這祝福多麼巨大，像吸飽一口氣，吹熄心中微小的燭焰。

冷氣

夏陽之中，走進傳統市場買菜，拖著一具一具蔬果肉類，一步一步錯，在一畝一畝荒廢的中年，一斤喘氣，一噸汗顏。回家打開心頭的冷，氣自己。

大宅門

一枚鏽蝕的鐵釘融入屋頂橫梁，變成梁上一點黑，像一顆不太君子的眼珠，日日俯瞰興旺的人丁相互盯著，陰謀都成家屬了。沒大沒小的時間深深地踩過廳房，響起

心機，不小心被一枚輪迴的新型鐵釘刺穿腳丫，很痛，
卻忍得如同一部論語。

晨曦來了

一聲吼被森林壓下，壓沉到蕨薇的涵養層，一聲吼充滿沉
靜的水分……於是天地無聲，唯森林笑笑的一臉光明面。

T恤

在戶外和貼身的靈魂之間，在意思和意義之間，在穿上
與脫下之間──活著。

鼓勵

我全身溼，你說我是經過踴躍的瀑布；我全身汗，你說
我是經過熱情；我全身陰影，你說我是經過清涼意……
你的看法這麼樂觀。我全身塵埃，你呀你說，我的經
過，已是一枝草一點露的人生規模。

蝴蝶喝下午茶

蝴蝶們正在我家陽臺喝下午茶。她們纖巧手指舀了一小
匙花蜜，沿杯緣傾注，優雅，認真，而且慵懶。她們聊
左鄰的老子、右舍的莊子，她們吃了花粉點心，用花瓣
輕拭嘴角，再啜口寒露漱漱。蝴蝶們罵了先生也叨念小
孩，小聲小意探詢對方的婆婆。她們數落人生如夢，批

評美麗如泡影。她們覺得蜜蜂太忙沒有好好愛自己也沒有規畫下半輩子。她們冷眼旁觀螞蟻：「唭～～瞧那細腰，不就是操勞出來的嘛，滿面紅吱吱ㄋㄟ，是害臊還是曬傷？這厲害的紅螞蟻！」天轉暗，其中一隻紫斑蝶起身，說：「散了，回家吧！」說完翩然轉身自我家陽臺飛進客廳，並歇立在沙發上瞌睡著的我鼻尖。電視兀自轉播，妻在廚房料理雜糧晚餐。

衣著

我的襯衫領子印有「宇宙製造」標籤，款式銀河系，材質極有普世價值，每週三穿到夜店，獨自喝著身影。

像我這樣一個父親

早晨沐浴，茉莉香皂摸我裸身，我有點害羞，我說我自己來就好。泡泡開始閒聊有的沒的，大抵跟人生的清潔與骯髒話題有關。我很專心、很用力地搓揉身體，然後旋開蓮蓬，灑下淨水，內在升起一股清涼意。我溼答答地裸身站至鏡前，赫！發現身體變透明了，「怎會這樣？」我看不見自己，「剛剛我把自己沖走了嗎？」我很驚恐。浴室外，妻喚我吃早餐，我焦躁地回答：「好～～請等一下～～」我揉揉眼，再細看鏡中，這時，一道晨光自浴室天窗射入，鏡裡，我只看見一道光，仍然沒看到我自己……「怎麼辦？我遺失了、我不見了！」如果妻發現丈夫消失了，如果孩子發現父親不在了，將會怎麼辦、怎麼辦呢？「不能再待在浴室了，

我得鼓起勇氣走出去！告訴家人，我發生悲慘的事。」
我緩緩推開一隙門縫，吸口氣，推開門，走向餐桌。這
時，妻和孩子們正在一邊用餐，一邊聊天，我壯膽地大
聲說：「我要開動囉！」他們轉頭朝我這邊望一眼，又
繼續用餐聊天，「他們不覺得我變透明很奇怪嗎？」我
坐下，用透明的雙手切著盤中的玉米培根煎蛋，「他們
沒發現我不見了嗎？」「他們不在意嗎？」「我在不在
家一點也不重要嗎？」整個早晨，有無數的問號在我透
明的腦袋千迴百轉。

探戈

兩枚哀愁的逗點，從退一步開始，開始海闊天空，張
望，前進，旋轉，不斷更新語言，頓挫人生，一路上看
見音樂、看見音樂比句點更早趕上時間。

遺言

今晚看著母親微笑的遺照，我把相框的背面打開，照片
取出，發現相框旁有一個袖珍的門把，幾乎難以發現，
我小心翼翼拉開，門口好小，我用無名指探進去，掏
啊、摳啊，竟然給我摳出了──兩句話，沒有特別意義
的兩句話，我心想，「您藏這兩句話幹嘛呢？」拿到耳
畔，這兩句話像小鈴噹響起：「無代誌～～」「想乎
開～～」……反反覆覆，就這兩句話，直到我將小門關
上，才停止，我重新放好遺照，望著母親，「所以，您
認為這兩句話很重要？」她笑而不答。

戀物癖

他決定和一輛新車結婚，洞房花燭夜，他進入車內，催足油門，他和車都沒有保險，就這樣激情向前奔馳而去，很快地，他們生出一堆事故、生出一條長路、生出一大片風景。多年後他老了、車也舊了，車轉頭走自己的路。而他另結的新歡是一輛更高檔更符合事業有成的車子，年紀大了一踩油門幾秒鐘的快感就到達一條長路的盡頭，他和高檔車生出最後的一個事故，生出最後一片死亡風景。

致汝

汝父汝母，只是普通的風俗，生出汝，美如霧。將汝嫁給好天氣，悲傷時晾乾自己，望汝爽淨，再不用於人生中避雨或受潮，請牢記：順從汝之心意而非天意。汝將有漫漫長路要走，好天氣也可能變陰雨，體諒是愛最近的距離。

富錦街

情人們在富錦街漫遊，拍照，正好我跑步跑進他們的相機，再從菩提葉影跑出來，繼續跑，跑過脣與咖啡輕微一啄又分開的瞬間，好似一種戀，心跳很快，跑過人與人性之間，就覺得喘了。

跟貓說說話

我有一隻貓，牠愛吃魚，貓過世前交代我要把牠的骨灰撒在大海上，牠在我的耳畔喵嗚喵嗚長達一小時，牠的心願我懂，我也巴拉巴拉跟牠溝通了一個小時。貓說，「這是業報，必須還。」我說，「魚比較想吃你的肉、喝你的血、啃你的骨，光是骨灰償還不了。」貓憫憫道：「燒成骨灰比較環保吧。再擲一束鮮花在大海上。」「你可真講究。」「我們貓也是有儀式的。」「也要誦經嗎？」「不用，濤聲就是經。」「魚吃了貓的骨灰，吃多了怕也會有貓性格。」「不會。等等～貓性格惹到你了？樹根吃了那麼多樹葬的骨灰亦不見樹有人或貓狗的性格。」「你怎知道不會？樹沙沙沙訴說的語聲，聽得出來性格變了。」「你到底要不要把我的骨灰海葬？」「貓大大，你是否忘了貓怕水？」「啊！那樹葬好了。」「但是你造的業，對魚又怎麼交代呢？」「要討論成這樣嗎？我都快死了，隨你處理吧。」「嗯嗯，我們之間連一微粒骨灰的問題也不會有的，因為愛……」我輕撫我的貓，直到牠閉上眼睛。

笑

每天睡前我笑，笑出一點點，我的身體就會輕一點點，不讓枕頭和床下的地球壓力太大。如果還是睡不著，我就坐起來練習從丹田發笑，從深刻處笑，笑出一點點，我就更輕一點點。就這樣，這樣我每天睡前笑一笑，種種的笑：苦笑，傻笑，陪笑，竊笑，嘲笑，冷笑，狂笑，失笑……我愈來愈輕，睡著的時候就浮起來，像浮

在淚水表面的一粒灰塵。

我沒要幹嘛

我沒要幹嘛，我只是聽冬陽在風中哼唱小曲，像葉子大
白天不需理由地搖曳閃爍。

我沒要幹嘛，早上起床先去解纜，擱淺好久的句子，讓
它航向十二月。

我能幹嘛？一年兩年三年……然後我會在某個巷口轉
彎，不管老天在笑什麼。

幹嘛在意冷暖，這季節，戶外到處不也都是種種世態炎
涼。

父母

只剩下兩張遺照，原是一世夫妻，如今各自看向正前
方，我移動遺照讓他倆面對面，氣氛變得有點緊張，彷
彿他倆要吵起來了，如果此刻真的吵起來讓我聽見好久
以前的聲音，那該多好，我害怕淡忘我從哪裡來，卻不
怕將往何處去。如果只剩下遺照，有什麼好怕的。

沿著人行道

楓香，是楓香在風中點頭搖頭純聊天，聊及深冬，葉的
表情就由脈脈變得色色。我向落葉走去，除了我的打
擾，葉與葉從不干涉彼此的哀愁。我只要繼續行走，我
就挪動風景了。窸窣聲聲深度踏響我的身體，忽然我就

充滿寧靜。

聽見

在活過的漫漫時間如果你用力對半摺，摺的瞬間，你聽見什麼聲音就是什麼人生。在尚未活到的將來時間如果你輕輕對半摺，就聽見塵埃說話了。

挺拔

實在不敢老，怕袒裎面對世界時鬆垮垮；我經常在夢中鼓勵自己，至少我心要挺拔；世界也會老，也在垮，忘我到不可自拔。

生日自送

剛剛在草莓布丁蛋糕上滑倒的燭淚，變甜。
老酒跟舊公寓說說笑笑，臉兒紅，心願再三綠，嗝一聲是我對明天的想法。
家庭慶祝我，小孩五音不全的歌確定我人生是變調了，但偶爾可愛極了。
光陰不忍浪費我，故一日一日回收我，我會愈來愈輕。
如果輕到只剩下青春，那該多好啊。
如果愛，就大大給愛一個擁抱。
如果下個生日遇見我，微笑就好，不用拍我肩膀了。

拳擊

雲端以羽量級軟體更新一群麻雀給灰色，灰色就這樣擁有冷冷一整天，而我卻更加決定熱情。啊熱情迎向大地擂臺。連續烏青而又彤紅的雲綿密直拳，連續青狂而又慘白的颶風颳起一記上鉤拳，我一度踉蹌，充滿苦衷，鼻梁哼一聲鼻血就坐北朝南。啊啊我的擒抱不是我想糾纏，而是我想休息，就像壯年在職場的鬼計。終於被擊倒讀秒的三月，爬起來又是一叢一叢的花。

第四打席

我站上打擊位置，微風感覺身體，青草傾聽呼吸，汗懸而未決之際野心悄悄萌芽，153km/h速球向我飛來，我一棒咬碎整座球場。生涯我擊出三千個吻等同擊出三千顆泡影，我擊出三千大千等同一枝草擊出一點露。其實每當擊出界外，才是我心熱愛的方向。

一期一會

日出指教，日光喻語和敬。時代一早對她輕輕搖晃，她雙眼丁香花。似洋傘之骨、似黃蜂之蜜的身子清醒。清醒的鏡子速速喝下她，她七分清寂三分夢，帶有咖啡香。她趕公車，公車趕流行，中途，她與一條路連成一條臍帶，啊這時代，彼此明顯是緣、也是深淵。

點絳脣

將千萬個銅鏡熔鑄為鐘，這美的習俗。一日，山寺敲
鐘，影影幢幢，鐘聲為鐘聲自己高興，風梳著念想，啊
舒服，霧隨風描蛾眉，悟與未悟，之間蜂鳥在香上點絳
脣。

一天

一天裡有時我慢跑在大道；大道有時翻身壓我，我寸步
難行。一天裡細雨迷離腦部，偶然微悟卻又迷於霧。一
天裡有時認真呆望一棵樹，有時不得不。一天裡有時身
體掉落一片葉子，一片葉子有時要掉不掉，像心懸在半
空。一天裡兩個年紀同時，既是十五也是五十。一天又
一天裡有時一個人，有時比一個人少。一天裡有時坐在
船頭，有時坐在橋頭，靜看船到橋頭自然直。

枸杞

他探手穿過莖叢棘刺，輕輕自《本草綱目》裡摘出一顆
紅漿果，卵形如小燈，看起來比蘋果害羞，比櫻桃意味
深長，滋肺潤肝的情操，在掌心怦怦然。一日一日許久
許久以後，他將乾燥到差點死心的紅漿果投入百合、雪
梨、銀耳、野山楂之間熬一碗羹，種種況味的他一小杓
一小杓吃著，抵抗著眼的酸澀、愛的疲勞。

卷四　一片葉子轉告一片葉子

七味加一

① 一腳疏影，一腳梔子香，時光自童年那頭跋涉而來一頭白髮。

② 多麼遼闊的靜，將我推倒，我近乎奢華地爬起來。

③ 手機說：「我以為你們低著頭是花謝了呢！」

④ 窗外有一名放晴的女子走過，她長長尖尖的影子刺了我一下。

⑤ 朋友歡聚，散會前相互提醒務必牢記：今天是不在日曆上的一天。

⑥ 你比我幸福，不代表我有何不幸；我慶幸自己往愈來愈幸福的方向犯錯。

⑦ 對人間的居所，應該要有一些挑高的想法，讓天堂可以順梯而下。

⑧ 用一笑放過自己吧，即便是庭院深深的一笑。

有此一說

青春：「我怎麼曉得隨便走走，才拐個街角，就老了。」

存在：「人是假象，所以，象長得很巨大。」

中年：「被老人和小孩拉成微弱的一線光，光會傻笑。」

愛情：「切片才是藝術，完整就太世俗了。」

想像力：「家教愈嚴，愈想蹺家。」

人間印象：「……微笑、打招呼、說再見。」

最積極的消極：「人生在世──好吧，在世即壯志。」

按下荼蘼花色的Enter鍵，綻放幾個字眼

離開喪禮　女人用手機送出一個大笑臉給他　陽光刺眼
地回覆　不在了

床頭打床尾合的　鬧熱的夜　月牙蛀了　疼得像情人的誤
會

請保持耐性　讓世界從兩條細雨之間擠過去　不小心撐
開我愛你

我們像流星倒追幸福　宇宙也管不著

愛　待在健身房　你舉重若輕　我轉眼練成　空

派遣一艦隊黑夜　駛向一個女人撥髮的指尖　有閃電

我不愛你的那一天　你的倒影看起來好髒

透過臉皮　晚霞遞給晚霞　一個尖叫的天涯

給平靜的日子優先權　我國還在後面排隊　等人民反對

兩位詩人坐在一起像剃刀鈍掉　鬍碴寫得長長短短　一
臉萬古留芳

寺廟旁　白馬蹭了湖一腳　倒影釋出消息　僅僅是漣漪
拜訪貴寶地

用很多次驚醒去累積月光　這薄薄的事　衛生紙知道

我都全螢幕了　看起來還是那麼小器　所謂大器　就是
跟世界吵完架就關機

樹的深喉　風看穿　有聲的都給蟬說了　陽光撕開枝枒

不信

沒寫出什麼鳥　倒寫出一朵花　可以忍耐到凋謝的花
終於放下一頭長髮

燈的致歉　像一本自己出版的書　沒有哪一種原諒值得
再讀

行經長長的石牆路　七月的白光反射　一切似乎活著
在腳下

遛工作　幾聲汪汪汪　夠專業

時光將我推理到一個長夏正午　結局　渾身是蟬

豎琴輪迴十指　指出　聲音掘開一群深埋在老天與小麥
田之間的寒鴉

對於仰望　星星最後提出數據　夢的小數點以下　不能
四捨五入的晚景

我摸一下瀑布　知道你再也不會從天而降了　彩虹明顯
就是態度

牆壁上滑下的雨漬小心緩慢如考古　突然　轉彎走向大
街　找這鬼天氣

雨自由　民主在廣場運動　傘帶著悲傷上街　一滴一滴
講道理

寂靜　殺氣一般鋒利　春天的木格窗投影　監獄了一叢
荼蘼花

水果笑我是靜物　會動的只剩體內的時間　卻看不見

甜度也是

這花生與臺灣啤酒都累了　我把夜灌醉成白天　醒來一座島如浮屍

沒有走過的路　慶幸少了一個人踐踏　夢

關在屋子裡　這世界正在練習宅配　遞送一個人給另一個人迷惘

該你了　後悔　該你了　不後悔　就這樣撕花瓣對著一生問完了

以琉璃　以金銀銅鐵　組合李賀與鬼　音質美　即便聽起來像獨角獸撞邪

隔鄰臺商一路遭錢貶謫遷徙神州之諸城邑　我的咖啡館在東坡下　狗吠數聲

歌的方式割　猴的方式吼　山的方式刪　放舟遠方　恰似稿紙寫長

滿街行人驟然回復為染色體　匆匆忙忙　重新做人

好秋繽紛投映我們　我們是年輕的沼澤　說有多色就有多色

電影院放我出去　我出去就開始放映人生　直到最後一幕停格　遺照

那草原從廣袤的網路唧來牛羊　餵給嗜血的螢幕　吾主不忍低頭滑手機

遭蝙蝠劃破又劃破的空氣大呼　過癮　啊月光趁隙逃出

一場暗殺

動物打開緊閉的心　歡迎人類加入動物園　但嚴禁邊撕
咬邊笑　這德性

現在立刻　麻木集合　麻雀很吵　未來也是一副睡過頭
的模樣了

美術　以衝浪繪海　海豚一旁笑得浪蕩　因著理解人類
多麼超現實

黃昏和黎明　被一個公寓老人以無奈的長路　綁在電視
螢幕裡　以拐杖鬥上

寫在工作行事曆的備忘句
我受不了的人，他們最受不了我，這點在工作上很明
確。

一堆主管聚在一起最容易出錯，一方面他們的錯通常很
大，另一方面他們以為自己是在為別人的錯善後。

工作的痛苦不在於單調、反覆與壓力，亦不在於人際關
係的艱難，而在於每個夜晚建設自己一遍，白天再崩潰
一遍。

工作受到誇獎時，我都會趕緊講一則鬼故事嚇嚇自己。

介於忠誠與背叛之間，悠遊綠林與黑道……猛爆出賺錢
的創意。

我那麼迫切需要強壯自己的心機，不需要專家，需要墨

家。

我是有機會可以醒來，卻怕醒來一整個人生平安無事。

如果不說謊，那麼想要推廣的真理一定很單調，通常謊言具有戲劇性，傾聽謊言比真理容易專注。

為何一直在講「創意」這件事呢？創意的過程是相當單調的，不瞭解單調之過程的人，才會一直津津樂道「創意」這件事。

創意一直在那裡，它活得很好，你少煩它。

我是很乖的員工，我會乖乖地待在有與無之間，沒有工作會察覺我，除了神與心跳。

你把我的話倒入他的嘴，他把嘴哺餵向你的口，你的口把話含著沒嚼，再用舌吻的方式送出去——太多的例行會議都樂此不疲。

工作許多年了，我很後悔沒有保持微笑；至少，很幸運地我沒有變得好笑。

我終於把會議結束掉，而且回頭罵了自己一聲髒話，這是我縮短會議的進步方式。

紀伯倫在《先知》〈論工作〉裡提到：「你憑勞力養活自己，事實上正以此熱愛生命，藉勞力愛生命就是親近生命最深的祕密。」他果然是貧苦出身，這說法打動人。然而他的結論是要「懷著愛心工作」，這就太過宗教了。

在工作中寫email。要記住愈複雜的提問，一定要用愈少

的字來回覆;但千萬別寫得像詩,詩善用最少的字讓問題變得更複雜。

工作最大的樂趣是什麼?是做人的樂趣。

不幸我所從事的工作需要創意,更不幸的是我經常以為自己很有創意。

無法專注於玩樂,就一定無法專注於工作,這樣說太老哏了嗎?重點不在玩樂與工作,而在「專注」這件事很不容易。

我很高興我的絕望不僅合理,而且不需要處理。——絕望,最怕有範例。

時代蕭條地向我走來,撲面一陣寒風,趕緊把薄薄的快樂披上。

夏日踟躕

汗,如同一首輾轉翻譯過來的長詩。

有一種熱,會悶,由於心寒。

陽光粗獷,那女人外出前忍不住禪一般觀照肉身種種細節。

夏衣一件一件出籠,肉體一寸一寸開朗。

熱氣虛晃,卻招招欺近太陽穴、瞬間點到心頭墓穴。

雨後的彩虹說要給你顏色瞧瞧,你淡定趴在灰頭土臉的窗口張望虛空。

就這樣風雨陰晴地度過十幾個夏日，日日電梯上、電梯下。

天下，晚上。霪雨不止，想你在遠方蕭蕭。

躁熱時感覺光陰拉長，更躁熱是一再為人生護短。

2014足球‧足球

足球對青草說的情話，都寫在鞋底。

足球是一個吻。

足球是一顆心，為誰蹦蹦跳？

眺望行星，我在運轉，天體有兩隻腳在我腦門盤球，靈活，像一首詩。

足球是「雪中取火且鑄火為雪」，在雪白的邊線與邊線交界之角球區，起腳，球門前紛紛躍起的頭腦想起周夢蝶。

而界外球，乃「離鄉，只是散步不小心走遠了。」木心的球也有滾滾鄉愁，還好，被胸膛頂住。

足球是軍火商韓波，韓波是禁區內帶球過人的醉舟，他的詩句是十二碼球。

長得像馬奎斯的守門將，面對十二碼球，彷彿──「許多年後，當邦迪亞上校面對行刑槍隊時，他便會想起他父親帶他去找冰塊的那個遙遠的下午。」

足球是一行波特萊爾，一行有二十二個活字，活字在善良的青草地搜捕一朵惡之花。

足球是熟門熟路的孩子，他們游刃有餘地穿梭在擁擠的臺灣老街，或嘉年華的里約。

足球是人生，上半場下半場，至少要給自己中場休息十五分鐘。

足球是尖叫，頭槌一聲尖叫，頂入巴西。

在臺灣，互踢皮球也會尖叫。

國家在人民腳下，像足球；百姓有求，但渾球都不應。

足球是錢，華麗的球場外依舊貧賤，不能移的是夢。

足球是旗幟，我在旗海中找尋最像我國的那面，那面旗竟然只能在我心內招展吶喊。

足球甜甜，像月亮，月亮舉黃牌。足球圓圓，像太陽，太陽舉紅牌。

足球是愛情，犯規是難免的。

對球門，射了，那也是忍不住的，像春天。

今日夏至，蟬也慘
同樣身為昆蟲，蟬心裡想：「故宮翠玉白菜上頭那隻左鬚折斷的螽斯遠渡重洋到日本交流，牠走出國門能適應世態炎涼嗎？應該會想家了吧？」真擔心人家不知道牠

叫「螽斯」或叫「紡織娘」、「蟈蟈」……同樣身為昆蟲，蟬瞭解螽斯很在意被叫錯名字，那感覺很壞，像國家被叫錯名字的感覺一樣壞。

那感覺很壞。蟬聲像刀子愈刺愈深，苦日愈叫愈大聲。蟬看見今年的鳳凰花吐血，會考完的國中生踩血又走向補習班了。這樣太陽嚴烤……從立夏，小滿，芒種，會考放榜，夏至，沒有快樂，再經過小暑，特招，大暑，特招放榜，就立秋了，沒有快樂，那時蟬聲也寂寂了。

幾棵孤苦的菩提樹，葉影悶悶的，蟬還煩它們，就更躁熱了。

鄉村下午，理髮店內坐著一個老師傅，他在看漫畫。沒有客人，只有半片陽光。我的童年走近，蟬聲像離家那麼遠。

蟬不得不激動，因著人生苦短。

蟬聲是積木一層一層疊高，蟬無法自拔，忽然有人抽拔其中一層，六月以及熱，昏倒了。

風工作的空間枝枝節節，葉排擠葉，蟬聲都在加班，樣子十分絕望。

蟬天真活潑在聽覺塗鴉，這樣對綠紗窗好嗎？窗外苟活的城市，纏死蟬。

夏，陪考日
這是一個燠熱、無風、正在融化的父親。

活活潑潑的操場，忽然沉默，空空蕩蕩的球門前，青草擠在一起，低頭考試。

兩隻眼睛刨呀刨，血淋淋刨試題，這個國家無解。

很意外，非常意外。陪考的人很安靜，懶得再討論什麼，只是瞪大眼睛仇視對面午睡到流口水的教育政策。

考場外。補習班如同九合一選舉般的傳單，史無前例的瘋狂，瘋狂地霸凌十二年國教。

考完試的人，坐上公車，下一站，雲或者窄門。

運算有誤的人生，是正確的。

不管對或錯，親愛的，都只是經過，像風翻課本一樣只是經過。你是你自己的答案，最值得驕傲的答案。

土豪之約

金貴的下午茶太澀，甜點也有微辭點點點，笑話和水果盤一樣冷凍過，她粉撲撲地不炫富；就在長長的五窮六絕，一身侃侃而談的珠寶啊，映得普世的窮也綻放奢華的光。

在悲喜交集處，她聊起富不過三代。她堅強而無奈地將別人的富貴都一肩承擔下來，如今都苦撐到第四代了。

錢當然不是問題。生而為人卻沒有一句抱歉才是問題。

最糟的是我──歸去，也無風雨也無錢。

給自己的備忘錄

移動與否，天空交給雲和風自己決定，雲淡風輕地決定。

山不會自己移動，我的心可以，我的雙足也可以移動向山，換角度不難。

我的線香、我的禱告，應該對自己，因著我的迷惑也是神級的。

神的形象總是「放輕鬆」，因著敞開或上鎖，祂一開始就交給人類自己決定了。

神唯一的壓力，來自於法力無邊吧？

包容一直在，在等一顆心回應；推心，推大心前去回應吧。

強求樂觀，是一件憂鬱的事。

原諒他人之後，面對面若仍不自在，就表示原諒得不夠。原諒，得先從原諒自己開始。其實……是別人一直原諒我，這善意一直發生，勿視為理所當然。

牢記：不要轉身離愛而去，就永遠有轉圜的餘地。牢記：伸出援手，就不會後悔。牢記：時間會解決一切，別陷落當下，當下我們覺得如此重大之事、如此充滿悔恨或激情之事，終將成為遙遠往日的一小段模糊瑣事。

幾筆

恢弘涉事，才能器度人生、細節美。

跨過新年的中年——哎，淡漠的歲月，慶典似的孤獨。

沒有詩人不是懷疑論者，沒有懷疑也就沒有詩。

長大以後，耶誕節

我有孤孤單單一隻裝禮物的紅襪子，另一隻我兒時迷路
走丟了，四十年還找不回來湊成雙。

我有一頂耶誕帽，原本是別人給我戴的高帽，它總是塌
下來耷拉到厚臉皮。

我有長長的偽鬍鬚（白雪送的），春神來了刮我鬍子。

我有星星製的燈泡，讓夢想一閃一閃多麼有色澤。——
這句是騙你的。

平安夜會有一份天上掉下來的禮物，效期可自己填寫，
產地天堂，不含添加物，這就是愛嗎？

禮物沿著煙囪滾下來沾點煤灰炭碴，感覺有溫度，應該
不會是假的吧？

總之，聖誕老公公駕麋鹿滿載禮物駛經圓圓的月亮，全
世界只剩這件事，我確定是真的。

檢討

想起陶淵明在他家的籬笆下種田、欠收、種田、欠收，
一畝報表也就那麼幾朵菊花。

遠處是悠然的南山，正想對遠處說點什麼，突然失去用

一句話把真理說乾淨的自制力。

說到夢想，好點子都在認真吃飯安心睡覺，刺激它，只
會讓它抓狂咬人。

很多事是無效的，包括人生；不如我們按照過往，用簡
報再次厚葬剛剛出土的才華。

時光在貓鬚上閒盪，荒唐的歲數率眾滋事，我們充耳不
聞。

我們是真的、真的無法統計在每個決定之前，有多少方
向被始亂終棄。

今夜對寂寞有意見，是誰獨自在商業與志業之間流血，
欲辯已忘言。

一片葉子轉告一片葉子

早春的微風，像海明威那樣簡潔。

突然這霾，哀傷得像策蘭。

唉，青春如果有王爾德的酸，可以無怨了。

孔子五十而知天命，這句話沒有指標性，但有性指標。

勘誤啟事：「在103頁與你之間，多印了空白的一夜。」

我到底在幹什麼？沒有比這樣問自己更憂鬱的了。

在家吃一頓舒服的晚餐，感覺昨日種種已死，值得為齒
牙間的一絲菜渣活下去。

不要急，我本來就不是意義，我只是對人生的一份義
氣。

哪一種笑最深刻？不忍告別時的微笑吧。

來了，天空來了，抓住天空，卻有一對藍眼睛溜走像一
高一低的氣球，飄遠了。

行過花園，我的靈魂催促我先回家去，它說時候到了，它決定留在花園跟花魂一起綻放。

月亮的意象還在復健，她被詩操，操勞過度。直挺挺的月光，一夜間就駝了。

一把槍讚美一頭鹿，聲音好誇張，都是紅色的。鹿鳴，呦呦如白煙。

蟑螂也會為難的，明明對生存不想再頑強了……只好將就與人為伍。

打開門，屋裡好多我。我在神龕前上香，神明裊裊安慰我，務必好好孤獨。

為了讓生活發笑，我扛起寂寞的責任。

早晨醒來，秋天突然站在我床邊，讓我枯枝一般抖了幾下。

草長眼，因為安裝了露珠，有時偷窺，有時甚至看得見自己的破碎。

腳步聲忘記隔壁有人正在呼吸，呼吸聲像神龕上飄落的香灰踮著天鵝舞鞋。

心懸一種工作而忘記隔壁有一片海，海比船更努力工作、比工作更努力遼闊。

哭過以後的心態，像船，被海包容；仍然起伏漂蕩是正常的，因為還愛著哪。

我只有在暗房才能顯影，而且，我跟照片一樣薄，一樣撕了就破，像寂寞。

循著貓鬚測量微風方向，找到一朵雲注視，就知道人間動靜。

我回到字裡行間發呆，像一個什麼都沒做的壞人，失去

惡意就失去想像力。

他無時無刻上網收信，他無時無刻遺漏自信。

很好，我還有今天，明天如果對我不好，那也是明天的事。

友誼是科學的，需要冷靜的距離；愛是不科學的，需要錯誤的計算。

我將《魔法占卜書》與《聖經》擺在一起，它們是同一書系。

面膜、紙內褲、假睫毛……它們是佛當初對肉身沒悟到的。

抱著希望努力去達成絕望，庶幾禪說。

距離上個憂鬱，只差一次呼吸。

總是可以這樣一直下去，握著你的手，星星，月亮，太陽，一直信守到老。

都怪上坡太趕，在人生下坡處，反而頻頻駐足自拍，風景依然年輕，餘皆老態。

所謂親情就是無言以對時也不會尷尬。

清且智的潺潺溪流和辛波絲卡一樣，凡經過必有水花提問。

從快樂處觀之，忽然悲觀。

我想到此為止，但命運得理不饒人。

一隻白鷺鷥啣著天空斜斜飛向一片白，與失事航線交叉成十字。

狠狠栽落旱田的一隻烏鴉，像在挖苦。正瞧著一隻烏鴉的喜鵲，像在做官。

青瓷碗中盛春光，喝一口，滿嘴桃花李花，迎人笑不出

來。

都說已經沒什麼好寫的了。——這是頓，非悟。

連續快樂半天，「這是什麼狀況？」「這是出狀況。」

水散步湖邊，漣漪留連，微風對剛剛分神的女人作一句補充。

暗暗為奔走的文字指揮交通直到天亮，闖紅燈自以為很帥的是意象。

以大地撐一天際的雨絲，他就這樣愈走愈深入，他一個人對孤獨誓師。

是日風雨，天寫意，地工筆，人間墨成默默矣。

不重要了我愛你，不重要了我恨你，不重要了我和你，一輩子以後。

跟擦傷溝通，是皮膚最細膩的工作。

無風亦無人，楊枝低垂在寶瓶之外不為撓癢，卻像療癢。甘露頭殼壯壯，猜不透菩薩心腸。

身上狀況

衣服的樣子很營養，用各種款式餵鏡子，鏡子依舊單薄而且瘦，胖起來的只有鏡中人，以及時間。

髮型反對一陣風，分叉各有主張，但是，只會霸占頭皮的都不是好思想。

誇大耳語的耳環，像旋轉木馬一邊奔跑一邊上下尋歡。

鼻頭上的汗珠神情緊張地監督呼吸，呼吸監督鬍鬚，鬍鬚監督剃刀除惡務盡，尤其對脣上的言語。

從高樓跳下來的圍巾，還在懸念脖子上的齒痕……落地無聲，風一吹，沒尊嚴地滾到對街。

離開雙足的鞋突然空虛，如空巢，飄出乾燥的鳥糞味。

夾一夾

髮夾：剛剛甩開的煩惱又被一隻乳燕啣住。

長尾夾：微風的敵人。

報夾：過氣名人抱緊與他無關的消息，脊骨咯咯作響。

檔案夾：灰塵樂得不說一句話。

領帶夾：咬牙切齒的簪花女子，扯出一個時代。

活頁夾：在白白活過的日子裡寫滿死前一定要做的事。

火夾：冰思念熱情，灰燼妄想幼芽。

皮夾：體貼、合理，卻不太開心的性欲。

馬祖筆記

大丘小丘蛙人操，岸對浪拉筋伸展，萬眾一心險些扭曲。晚霞中，點亮島，天理高登而上，邊叫戰、邊喊累，原來心頭比山頭多出六百階。

戰爭與和平不可能兩樓，部隊夜夜聽蛙鳴，那種靜，像是被操累的兵。

雲穿軍靴在天上追，將大海踩成藍與黑，又踏碎了月，

星系遂有玻璃聲凶而銳。東引燈塔帶一隊日出殺過來，戰地反而冷靜了。

想妳的時候，月光恰巧夜襲，空降妳的眼妳的髮妳的頸妳的耳垂妳的骨髓妳的灰，瓊麻一時慌亂對敵軍尖叫。

世界是一隻身心俱疲的軍犬，牠的眼淚退役在更早以前，牠壯懷的濤聲猶如爛醉的鐵鍊。

寂寞是戀人的指揮部，我們的事和防禦工事皆變成鬼故事，餘燼被灰心掃除。

一句我愛你在口中夜行軍；一聲爆粗的言語在老天紮營。

堡壘呵出一絲陰風，吹歪領袖的精神。

我是你愈傷愈重的軍備，你且戰且走，像謹慎的標點，退守至一首情詩。

媽祖以線香裊裊示範慢活，士官長示範持槍射擊動作。

浪之下句子連著句子，船之上一天連著一天。名利雖然起伏，鷗鳥淡然上下。

戰士的遺照挪動我眼睛，忽然，黑與白礙打一顆一顆淚粉碎。

眾多螺絲中一個上等兵把一個菜鳥釘歪，而形成鐵鏽色的岬彎，一任無情駛入。

樹並沒那麼想要蔭影，蔭影只用來擦槍。戰備的風聲，陰森森，樹立的時代鳥鳥了。蔭影摘下鋼盔，鋼盔摘下

腦力，一顆一顆爛果子爆破。葉葉擺動，看起來很痛，
陰影也擺動。

卷五　悠遊卡嗶一聲感應到佛性

一切有為法
我偷藏一點點夜，不讓人察覺，一點點又一點點，讓我太樂觀時知道危險。我也偷藏一點點白天，睡得太安穩時讓陽光及時提醒我幻滅。我也偷藏種種平行世界，經過一朵花就穿越，如露亦如電。

寓言
神話中的洪水來臨。床漂浮水面。床上躺著天光雲影，懶懶的，不想徘徊。一頭豬在全市最高的樓頂朝我微笑，我跟牠揮手，多麼可敬的求生意志！器官鮮美靈動地迤邐過街角。各國的國旗，軟趴趴地搭在紅綠燈桿上。我敞開我在網路上建構的宅，熱情地大喊：「多餘的人歡迎光臨！請進……若不嫌棄就請進我狹窄的一念之間。」然後，我以插畫方式潛入水底，用一道銳利的傷疤割斷他們與昨日世界的聯繫。

我的末日
不知從什麼時候開始，地表出現那麼多洞，每一步都讓人踩空。我踏一步掉到地球背面，再踏一步又跌回正面，我扯著救命的經緯線，從A點到B點，再從B點到C點……像銀針一上一下在圓形的刺繡框交織，縫出一顆適合你居住的美麗地球。但是，不知從什麼時候開始，你不在了，你被我大意縫進地心。我將耳朵緊貼沙漠化的地表，深深聽聞你的聲音充滿浪濤，因為你的方舟啟動了。

雨在全世界點名

雨把該做的事一條一條列下來。淅瀝交代,犀利詢問:

「北京在哪?請舉手,你老是去管制雨滴幹嘛?你老是意在言外地用了一堆長得像雨的刪節號……小心雨告你盜版。」

「維也納聽清楚了嗎?我們的心,乃是所有樂器集合成的一滴,咚,而已。」

「紐約呢你在發什麼呆?斜風敲細雨,打棒球似的,換防呀!中國隊上場了。」

「布宜諾斯艾利斯你念起來像雨絲那麼長,記得在午夜零點,請探戈跟一首詩練習斷句和換氣!」

「溫哥華你那邊幾點?趁歧路花園的楓樹還硬朗、落葉尚未選擇方向,快去隔壁請詩人回家啦。」

「里約熱內盧跟雨滴好好學森巴,都會了吧?嘉年華的雨滴走完由上而下的全程,感動得哭了──這過程,起先像老去那麼慢,墜地瞬間像青春那麼快。」

「嘿,巴塞隆納你舉著啤酒杵在米羅和下雨天之間發什麼愣?工作吧。」

「叩叩叩臺北,臺北你沒事跑去粉刷發霉的牆壁作啥?」

活活的一滴

一滴在空中優雅地調整姿勢、挪移天堂、踢落來自地獄的仰望、順便擦亮鄰居那顆行星、一滴持續滴滴滴、一滴在空中脫掉顏色汹過銀河、向那些來天堂報到的凡夫俗子道賀、繼續溜下邱比特胖嘟嘟的肚皮、給候鳥滴

滴滴打一封家書、一滴持續、永不歇停的一滴往地球下
墜、無聲、加速⋯⋯一滴突然害怕地回頭問上帝「地球
何時變成無法抵達的萬丈深淵了您怎麼事先都不講」救
命啊啊啊～～（亂揮亂蹬前滾後翻一點也不優雅的一
滴）

變化
昨夜，我跟世界長談一些計畫，世界聽累了就靠在月神
肩頭睡著了。我焦慮地獨自在床前公轉自轉，不小心踩
到月光，滑出計畫之外，一副小丑的模樣。

偶遇一事
我耕田，在一處遠山含笑的地方。鋤呀鋤，鋤薄薄的一
層土，就挖到地獄。「早安，地獄！你應該在很深層的
下面才對呀。」「難道犯了錯就合該被埋沒嗎？」「也
對。」「我撥過電話給天堂了，相約在人間碰面。」
「幹麼？」「輪值換班而已。」「天堂、地獄換班？」
「嗯！反正天堂或地獄很少人見過。」我舉頭，果真看
見天堂吹哨荷鋤悠然走下來。

鳥驚心
清早，行經某座紀念公園，樹林間吊著鳥籠，鳥叫我，
我就興奮起飛，飛得像一片烏雲，烏雲漸漸籠罩臺北城
的時候，才發現，這對翅膀是廢棄鐵籠鎔鑄的，翅膀愈

來愈沉重，拍動時嘎吱嘎吱，鐵鏽細屑紛紛飄墜，啊飄
墜，一念一念落在人間，我突然發出長唳！

白雲蒼狗
天空自導自演，拉你眼神入戲，就有一種遙遠荒蕪的感
覺，播映在心。

神人魔之遊戲
一隻發亮的靈犬，長得像神仙，牠前往窮途潦倒的魔
界，途中穿過魅影幢幢的森林，穿過青面獠牙的谷穴，
驚飛大規模蝙蝠，像魔界突然打個大噴嚏，靈犬才發現
「這裡不是魔界！」因為牠嗅到衝高的人氣……（人
氣？其實是人類在粉絲頁面拚命按讚衝起來的。）

小石子
曠野垂憐──我是野地一顆小石子，被拋擲如青春；我
以風為腳，向那山飛奔……飛高、再高，命運的最後一
程，頂撞了神。

天堂長大以後
天堂被孩子們養很久了，孩子們對待天堂極好；天堂長
大以後化身好多天使，一路保護軟體更新的孩子們到人
間遊戲。

三弦琴

音樂是他的身體，手指如麥浪，皮鼓是土，每一根弦都繃在天與地之間，他的人生是唱出來的！他將黑夜彈掉，他比誰都瞭解白天。他的耳朵借自你未曾聽聞的純粹。他的觸覺取自你心內的礦苗。他的歌來自無人地帶。融了雪，他很春天。盲者獨自彈著一把自製的三弦。

山

山在我的身體爬上爬下，有時藍天，有時黃沙；皺紋在時間裡向左向右，時而迷路，時而驚呼。

荒年

麥田與山神有點情人的爭吵，人們在麥田與山神之間忙碌相勸，麥田負氣蹲著，不站直，也不長高；山神更是氣得轉身不理，「就讓麥田渴吧。」人們蹲在地上將奄奄一息的麥田扶起，說：「我們帶你去找！」翻過一座山又一座山，再苦也要帶麥田跟山神道個歉。

農家

眼睛坐下來，其實坐著的不是眼睛，是思考。──思考坐在霧悄悄挪過來的椅子上，就打了盹。餐桌上，光陰和瓜果一樣是甜的，而饅饅是香的。偶爾夾幾粒秋天烤熟的豆子，細細地咀嚼……喔就是，就是這樣的平常日

子、平常飲食，吸菸，溫飽，沒有明天似地賞月。

蹲在路旁的老人

小孩愛我，但是他們翅膀長硬了。當我回首，已經空無一人。每天清晨，我沿著呵欠連連的大街走去，撿到幾個月亮，抱緊，蹲在路旁哭泣。我牽著月亮回家。後面跟著一群星星，再後面跟著野貓、跟著昨日——昨日的我。

衲鞋

把天空裁成足印，把山縫入夢裡，把光線一針一針衲進鞋底。然後，愛會自己找到方向，讓家人一踏出門就天亮。

秋收時節

放了風箏，該天空的，不會讓雲帶走。放了手，該來的，就會來。放了心，該有的，從未消失。放了歌，該甜的，從麥田散開。放了愛，該在的，一直在。

外出

他們跨出門時那麼堅強。半路，坐在泥岩上吸菸，心想，秋天過後，臘月很快就到了，總要輪到一個好年了吧？背向著天，灰雲文靜地行走，彷彿有弦音在遠

方與家之間飄蕩。他們摁熄了菸，月光淡淡地將他們擦掉……又在黎明時寫出一個一個人形。

素描

牧羊人抬頭望向那陡峭的山崖，羊兒在之字型的山徑吃草，大片山壁俯向牧羊人，牧羊人哈一個腰將山崖頂回去。一整天，甚至日復一日，牧羊人沒有說一句話。或坐或立，經常不動如山，他們在想什麼？或者什麼也不必想？人有辦法什麼都不想而獨向天地、獨對自己？時間在他們身上慢下來，慢下來……沒有開始，也沒有結束，時間是時間自身的存在，彷彿與牧羊人無關了。

白楊

我命令精靈綠、扁豆青、菜花黃、棗子褐、燕麥白、天空靛……等等顏彩大隊四散去陪冷雨玩，而我，獨自走向白楊；滾雷層層逼問，我總答說，我來探望白楊。這些年，白楊每抽長一小節，天空就下降半寸，歲月愈來愈矮了；白楊以含淚的神色回應我，此刻，它在雨中是沉默的，再過數週，金葉就飄得像吟詩了。

茶花來訪

睡前檢查門窗，神經質地看看前門，明明已經關了總不放心地回頭再看看；夜如墨，門的落地玻璃變成一面大鏡子，反照身影，他總覺得鏡內的自己老跟他作對，當

他關，鏡內人就反向開，他隱隱感覺一股反向的力道和敵意。

「到底想怎樣？」他想。

於是他開門跨至陽臺，陽臺何時盛開一朵雪白的山茶花？「剛剛是妳跟我作對嗎？」冬夜的茶花冷靜，點頭，回應了他。原來不是他自己的鏡像在搞鬼啊。

「為什麼？」他問。

「再見、我來道別的⋯⋯我們曾經愛過⋯⋯」茶花傳聲至他的心內，接著含蓄地說：「知道我為何總在最美的時刻，連蒂帶花一起凋落？」

「為什麼？」他再問。

「因為告別也要圓滿。記得嗎？我的小名又叫──曼陀羅花。即使小小的陽臺也是人間道場啊。」

說完，茶花果真連蒂帶花一起凋落盆土內。

同一瞬間，月亮在天邊圓滿綻放。

「我們曾經愛過⋯⋯啊！」我心中登時一片澄明。

玫瑰劫

第四十四次夕陽下。

小王子在巴奧巴樹間躥上跳下，圍巾飄逸，輕功了得。

「還我玫瑰──」（醉酒聲）

「玫瑰是我的──」（失眠聲）

宇宙間傳來二道丹田魔音。

小王子明白是發自「酒鬼」和「燈夫」。

此二位遺世高手是他上次星際之旅偶遇的。

酒鬼練就一身「醉傷拳」，愈愧疚，愈出神入化。

話說躲在Ｂ612行星那玫瑰原本是酒鬼的戀人。

「酒傷人心，戒了吧！」玫瑰乞求。

「呿！武者焉能不飲。」酒鬼道。

勸誡無效，玫瑰絕望離開。

燈夫趁隙奪愛。

然而玫瑰仍難捱點燈熄燈無聊度日，再別。

星空。蕭殺。

為尊嚴而戰！

燈夫舞動愈疲累愈玄幻的「無明燈矛」刺向「醉傷拳」……

小王子唧一枝玫瑰凌虛御空而至。

「住手——」玫瑰泣訴：「別忘了，我畢竟是一朵花呀！」(注)

注：此句引自安東尼・聖修伯里《小王子》。

天聽

我撥了手機，神沒接聽，響很久才傳來語音：「您的祈禱，在嗶一聲後開始作廢。」

樓蘭

沙冬青，拐子棗，羅布麻，仙人掌，紅柳……請你們不要拍掉身上的沙，沙是親人，沙沙沙懷抱一個深埋的盛世。羅布泊乾笑，笑得沒有一絲殘念的遼闊。天與地一上一下密密縫，樓蘭絲綢的針法，織出一線駱駝商隊，織出海市蜃樓。這些織品，依舊是沙，沙沙沙，褪下沙，露出白骨。水逃哪裡去了呢？氣溫再高上去，會不會逾越神界呢？我，往東走，去找水井，風暴吹響胡

楊木沙沙沙，沙也很累很累了，惺忪中，將碎石聽成睡死。

經書

他無所謂正經或不正經地坐在斜陽下，微風翻動他，他只是微風的一陣一陣想法。

世事

雨爭先恐後，下得愈用力愈累，下完，老天一副倦容，我不好意思地脫俗。

因為如果

因果，因比果重要，因是動詞，是念想潺潺的源頭。果是名詞，是等在那裡的結論罷了，果若指的是「如果」就更有深意了。

戈壁

一個男人從女人般遼夐的天空渺渺小小飄來成為一個字——筆畫散亂成：點、橫、豎、撇、捺、鉤、趯、挑、折、彎⋯⋯這些是組成沙漠的元素，狂風吹掃，永難聚合形與義。女人般遼夐的天空只好概括承受一個字的不成體統。

據說達摩

他面壁，忽見巖面呈現世情種種，他憤而取下雙眼，擲地，長出一株茶樹。

不是夸父

桃樹旁，坐一老人凋謝了，忽見他手上的拐杖開始長出綠葉，綠葉成蔭，終至遮天蔽日。

不解釋

睡前祈禱，神啊，讓我用一句話把真理說盡；明天，明明白白的一天，從此不再繞道一生的後面。

死神回想

還有什麼是我做不到的？我連死都不怕，我甚至可以讓自己復活，只要我願意，我可以輕而易舉取別人的命成為我的命，別忘了「死神」也是「神」。如果還有什麼是我做不到的，應該是「不懊悔」這件事。我深深懊悔，懊悔當初放棄活下去，放棄就是投降，投降是一種恥辱，「只要活著就有希望」，這不是陳腔濫調，這是我當上死神職務後才明白的。我可以重生，但已經回不到一開始，尤其是一開始對他人造成的傷害已無法彌補。如果連我都能重生，那就是對他人的二次傷害。

夜空

三三兩兩流星邊走邊念念叨叨：這是福音、這是福音……。
煩得神也走神，祂又忘記許願了。

Cosplay

動物們Cosplay人類的裝扮，互相驚嚇。動物們取人類的
姓名，相互吼叫，聲音毛茸茸的。動物們困擾的是，牠
們得隱藏自己的犄角，這讓牠們失去方向。

鬼月

榕樹下，鞦韆上，風在盪，空蕩蕩，蟬聲是叫著媽媽的
童音。

禮拜日

牧師的聲音瘦瘦的，讚美詩讓神發胖，信仰也有減肥的
困擾。睡前禱告聲是月亮發出的，燭影伸出右手放在一
本聖經，我伸向虛空的左手一本正經。

惶恐

整個夜晚，我是壞掉的燈炮，閃爍、閃爍，閃一下在最
黑暗的時代光明，閃一下在最光明的時代黑暗。

順其自然

這一天不可理喻,熱風如致哀,夏蟬神神叨叨的;枝葉苟活,香味杳,鮮花撐不下去,不撐了,暢快地墜落鄉土,豐饒我的根。

不仁

流星將夜空拉鏈開,諸神對準地球發洩,天譴一樣地盡力,很快完事。劫後餘生的地球冷感,加上太多戰火的刺激,讓它不再亢奮,但為了延續生靈,偶爾ＡＶ女優似地嗯哼,假意的,不若曙光中的雞鳴那樣由衷地叫,叫黑暗退下。

找

一枝羽毛去找一隻鳥一個天空,一點筆尖去找一首史詩一部歷史,一本書去找一片森林一片萬籟,一根白髮橫渡一座腦海去找春神,一顆流星回頭去找宇宙,一閃火花去找普羅米修斯的神話。

遺囑

別急,死神正在念給下輩子聽。條文中提到帳單,「帳單要寄去給誰呢?」死神猛抬頭一問。「蛤?」下輩子茫然。「欠人生這麼一大筆,還好意思下輩子?回去還債吧。」死神揮袖,旋身不受理了。

很冷的一句

戰士拿下面具，長得像連續劇；戰士卸下鎧甲，只不過
是普普通通的一具，了不起就那麼一句：和平要有善
意。

神態

這裡有一個神正拜請好人壞人自求多福。祂將去無邊
處，修煉新版人類學，新版之修訂，增加了人類的「速
度」、「變化」、「當下」之定義，以及羅列無數超出
祂能掌握的「例外」。

向宇宙下訂單

許願：我會好好成為一個簡單的故事，像煙霧上升的樣
子、像戀人臨窗的樣子，或者像無霾害的星子，讓別人
抬頭易讀。

聯合國招聘攝影師

入職要求如下：（一）具備一切與愛相關的專業。
（二）具備處理絕望的知識。（三）具備良好的反戰態
度，擅於處理和平時的尷尬。（四）具備良好的逃亡體
力。（五）具備與上帝合作的能力。

漠化的末日

植物們跑起來了,綠色、綠色、綠色跑起來,都忘記把萬紫千紅含笑的花帶走。我拾花,像林黛玉似地想哭。植物們跑去哪兒了(像久未連絡的親友)?地球就這樣留白,成了沙漠。

一個人

一個人散步,一個人隨意,隨意一個人加減一個天下;一個人獨立,一個人風光,在風裡;一個人不一定想存在,存在不一定需要像這樣一個人。

攝影

多年後我看著這些草原照片,想起當時我咔嚓按下的一剎那,鏡頭裡的世界就與我無關了。我難忘的是那一剎那心靈變幻,每一剎那不一定甜美,卻一定無常。眼前,照片很虛弱地伸出一只蹄,赫然踢中我的心,「唉唷!」有人拍下這一剎那,也跟我無關了。

梵音早課

我這樣趴在課桌上睡著了怎會睡成一個課題?鐘響了,下課,課間休息一輩子。鐘響了,上課,我看見我還趴在那裡。

這不科學

廢棄的雲端，嶄新的旋轉木馬上騎著一個神，十八歲年紀輕輕當了神，就再也沒老過，祂一邊旋轉一邊數著往後的日子，祂數完一個日子，就往下丟一個日子，一個日子碎成一秒一秒呱呱墜地，就一個人一個人誕生，一個人長大後也會到遊樂園騎旋轉木馬，遊樂園是與神連絡的地方，來這裡不單是為了好玩。不老神總是在遊樂園，看著人間在原地打轉就老了。

來函如下

收到人生寄來的信，裡頭說：「我正獨自擴充花園、消滅道路，亟需人手，如果你愛我，請循一條千年前執子之手的小徑，帶些古代的春泥前來……如果我從夢中醒來發現手中握一把種子，就明白你回覆我了。靜候。」

勤拂拭

為了理解你，日日向你身探求，一無所得。我反覆思考後，做一件事：每天，我仔細地、虔敬地擦拭自己，擦拭、擦拭，就漸漸有了光澤，擦拭，無有雜念地擦拭，忘記一切肉體的歷經，忘記此身屬於我……於是我的身體變得更光滑，如不鏽鋼雕塑，進而如立體之鏡。
我站到你面前，這時說要有光，就有了光，你的身體頓時投映在我如鏡的身體，色澤與形象千變萬化，我就這樣接收了全然的你，而你的心念在我如鏡的身體液態流動，我感覺到了，也理解了不是固定形象的你。

過去，我對你的探求太失禮、太魯莽，如今終於知道你並非不告訴我，而是誰都無法說清楚自己。

當我們想要理解別人時，就反躬擦拭自己吧，先讓自己清淨、光滑、如鏡，透過神的光，萬物形影都會映射到我們身上，我們就接收了答案。無盡無常的答案。

方舟一夢

在天堂過滿一日，水手們起錨，張開變色的風雲，自天藍航向海藍，洶湧的人間，就那麼一艘方舟，啊看起來滄桑淡定極了。

成家

我走過〈創世記〉第一章第一節、第二節……在回家的途中。神看著是好的。

回到家，推門，望見滿屋的記號，節令，日子，年歲。

自窗口望出去，有牲畜、昆蟲、野獸，以及青草、蔬菜、結果子的樹。

一女子推門進來，與我面對面。念此際，天暗下來，感知彼此呼吸的溫熱，多情，無有善惡，我們並不需理解更多。事就這樣成了。

疑神

拄著桃花心木手杖的老神，在在踐踏我未來高聳的墳頭，祂努力爬坡，莫非想要救我？

葉子與骨灰

有一片葉子在墜落的半途對樹下骨灰呼喊：「危險、危險，請閃避！」骨灰含笑，說：「不要緊的，我已經在你體內了，很安全。」「在我體內？」「我成為養分被根吸收，滋養樹，成為樹的一部分，當然也成為你的一部分啊。」葉子在秋風與靈魂之間，飄飄蕩蕩地思考骨灰的話，沒想清楚就墜地了，骨灰大聲說：「你看！我還在，在你體內。」葉子還在暈頭轉向。骨灰愉悅地想：「我不孤單了，我將和葉子一起分解、一起分享樹的成長，並且一起成為樹的生命，永不歇止。」

秋天的星球移民事件

西元某年，那時地球已經超過負荷了。

難得各個國家坦誠提供關於太空的研究成果，所有外星資訊終於解密，每一個國家貢獻它們所知道、已研究的一部分，就這樣，地球各國拼湊出一個近乎可行的「外星科技移民計畫」。

到底哪一個國家要移去哪個星球？不用吵了，一開始全地球的國家共同決議：「抽籤。」抽到哪個星球就到哪個星球，而且不分星球的大小和人口比例，反正各國憑運氣賭一把。那麼地球上總該留下一個國家駐守吧？……不，一方面為公平起見，另一方面全球公民一致決定讓滿目瘡痍的地球起碼有個一萬年的時間休養生息。至於「外星科技移民計畫」過程如何精密進行，細節不表，總之每顆移民的星球都會擁有日與夜，四季，

陽光空氣和水……等等生存的基本條件。

在地球這個秋天，移民開始了，其他星球，此刻也都同時落葉了。這是一個最忙碌而感傷的秋天，我們匆匆打包簡單行囊，走到三樓下停在門口的太空船，我們（人類）早已退化成矮小又嬌弱，一位拄杖穿白袍的巨人在艙門口等著，遞給每一戶一本手冊，我們隨手翻開第一章，寫著「創世記」，我們回頭望著我們的家，一萬年後再見了……

「一萬年後，我保證，家一切完好。」穿白袍的巨人微笑地說。「我可以相信您嗎？」「你只要相信你看到的。」「真的別無選擇了？」「你抬頭看看星空，一萬年後，以人類的個性，那一顆顆你們將移居的星球有沒有可能步上地球的後塵？」「嗯……有。」「所以你勢必會再回來。」「那時我們都還會在嗎？家還在嗎？」「我們走的是另一個宇宙平行時空，時間和空間的概念不是你現在想的那樣，放心吧。」於是──我和家人登上太空船，秋風吹來巷子口那棵老菩提樹的落葉，幾片撒在船艙臺階，徒增傷感，「我可以帶一片菩提葉走嗎？帶到新的星球。」「嗯，如果對你有啟示意義的話……但別被發現，植物和果實是不能攜帶的。」穿白袍的巨人想起伊甸園的往事臉上瞬間一抹憂愁，說：「好吧，我們現在對一下地球時間，該啟程了。」

星座運勢

新年我研讀星座運勢，我無法向你解釋有多少錯字寫得

真對。我無法向你解釋，真準哪，必然是會那樣註定，發生，印證。閣上星座運勢，我無法向你解釋我有多開心，該來的總會來，除了命運。

週運勢

星座之間有一座安全島，島上一隻抬腿放尿的天狼，一灘液體閃爍如銀河，泡影騷然，車流和流星都聞到腥。射手舉長矢兮射天狼，卻偏向惆悵。海王退行，命如流，運如流氓。天空那麼鳥，雙魚之心仍那麼海，孤獨仍那麼老派。

雨公車

一百零八顆念珠在你左手腕和指間跑得極樂，世界一副天光雲影的樣子，你坐的公車像倒下的淨瓶，公車外滴滴答答一地甘露。忽然悠遊卡嗶一聲又嗶一聲感應到佛性，眾生上、眾生下，撐傘的表情彷彿極不快樂。

墓誌銘

每天都滿意地寫完一次，又擦掉，像雲，在天上擦來拭去，總覺得普天之下不需要誰讀懂。

墓碑境界

我們想擁有一塊什麼樣的墓碑？就看我們怎麼雕刻自

己。我們其實不需要墓碑？那就更需要雕刻自己成為境
界。

安頓

對於已發生之事，不要對它懊悔，推開它，像推開一扇
門，推不動嗎？那就拍拍它的門把，鼓勵它留在原地。
然後你轉身，也不急著離開，只是從容地跟世界認真聊
起另一件事。

鳥樹

這天，落葉狂捲，天空中布滿密密麻麻的葉子，綠葉、
紅葉、黃葉、褐葉、殘葉、敗葉，葉皆有齒，集體像戰
機在天空盤桓逡巡，為了覓食。俯瞰大地有一株一株的
樹，樹長出一隻一隻多色澤的鳥，鳥成熟結出一顆一顆
的蛋（摘下蛋，剖開，裡面是蛋黃和蛋白帶有血絲、也
有的是孵育中的雛鳥）。落葉們餓慌了就向「鳥樹」進
攻，長在樹上的鳥，發出長唳悲鳴，鳥爪與枝幹相連，
逃也逃不了，就這樣，樹上的鳥和蛋被葉子吃光了，葉
子吃撐了飛不起來，或坐或蹲或立或躺或臥或趴在枝
幹，春風一吹就甜呼呼睡著。葉們醒來，竟黏在枝幹，
再也飛不走了。現今我們以為葉子是樹長出來的，其實
古早的樹長出的是鳥，不是葉。葉是猛禽類，鳥是植
物。

這樣才正常

永恆說：「我只是讓一隻螞蟻跟著一隻螞蟻⋯⋯或者一瞬跟著一瞬⋯⋯就這樣彷彿連續又無限，其實是充滿間隙的⋯⋯很抱歉讓你們以為『永恆』是完整的一條實線。」

禱告

滿是刀痕的教堂椅背上刻了一顆心形圖案，那顆心被剜出原木，再剜，就見鐵釘。

佛事

一尊石佛倒在山路邊，身上有蕨苔，面目漫漶。

有獸踩過，有蟲寄生，有鳥憩其上，有登山者坐，全不知這石頭原是一尊佛。某雲遊和尚路過，慧眼望知此乃一尊石佛也，他清理石佛，扶立，望之肅然。自此不再有蟲鳥野獸人跡近焉，登山者見佛即佇足遠觀合十拜之。

石佛淒然。遂入夢於雲遊和尚，痛斥之：「我之所以倒下，是因為我想倒下，干卿底事，別以為你做了善事。立佛、坐佛，都太清寂了，倒下才是人間，明瞭否？」

雲遊和尚驚醒，翌日，前往石佛處，重新放倒，待時光漫漶一尊石佛。數年後⋯⋯石佛再度入夢，淡淡輕吐三字：「舒服矣。」

烏鴉

一群烏鴉飛近墓園，還沒到就拐彎向天堂而去，烏鴉霎時密布成烏雲，雷在苦苦交代，蕈們為含羞草撐起草間彌生的圓點傘，雨一點一滴對泥土傾訴：「……啊，短暫的一生就這樣難為情地掩埋了嗎？」這時烏鴉飛回來排成一隊在頭頂一邊飛一邊尷尷尬尬地叫，哎這告別的人生竟然很卡通。

自然課

那天下午我解釋吉普賽。河流都站兩旁聽，天空趴在臺前第一第二排，三朵雲認真錄音，滿室的叢林和動物井然有序地筆記，教堂站得最遠，遠到只剩鐘聲背後的神。

忽然，一陣幽幽的七里香自小窗和微笑之間飄來，我就懵了，竟不覺天色已晚，我急急忙忙將吉普賽說成波西米亞又說成佛朗明哥又說成……流浪，「其實吉普賽是流浪的人。」喔不，不是這樣的，我一再分心又口吃，不知如何解釋。

臺下的他們放下詩集抬頭問我，「到底是什麼？」吉普賽是什麼？發懵的瞬間，一群蝴蝶鬆開我的髮，洩漏出銅一般的天性，啊就是，就是天性，惻隱，或者千山獨行時的側影。

怪談・茶碗之中

忽然我看見茶碗中一張臉，卻不是我的臉，乃一女子的

臉。倒掉，再斟，臉又出現，且這臉竟然對我笑了。我
一口喝下那臉和那笑，順著喉，有種櫻花飄墜的感覺，
那臉和那笑像櫻花一直飄墜、飄墜，由喉經胸臆瞬即轉
向肋骨撞去，發出茶碗粉碎聲，我心頭一驚！俄頃，淡
定，我感覺舌之周緣有櫻花茶味……像我這樣一個武士
在茶味回甘時漸漸透明，透明到可以穿牆走向一片櫻花
林……忽然我看見每一朵花都是一張臉，一笑就凋落。

怪談‧食夢貘

「貘，吃吧！貘，吃掉噩夢吧！」傳說貘會吃掉人們
的噩夢。昔時人們連普通的夢都少，遑論噩夢，所以
多數的貘都很瘦，有氣無力地遊走夢境邊陲。現今，
噩夢可多了，科技製造的、商業製造的、宗教的誤解製
造的……「貘，吃吧！貘，吃吧！」愈來愈胖的貘，體
內愈積愈多的毒素和病毒。貘不想再胖下去了，想了個
法子，「咱們貘也來做噩夢吧！自給自足。」睡前，貘
東想西想，睡著了卻還是好夢，「啊對了，就想人類
吧！」果然，噩夢連連。

祕密咖啡館

我在社區的咖啡館二樓上網，與窗外菩提樹連線。灰鴿
埋伏在槎枒葉影，等候訊息。鳥巢是硬碟，靜靜下載，
並即時更新蛋內軟體，和意義。冷空氣蹓躂小灰塵，以
掩人耳目。我繼續敲幾個鍵，傳訊給甲乙丙丁……他們
都是情報員。我轉頭俯視人行道，有三隻模樣姣好的黑

狗各咬一疊卡片，朝上方窗內的我使眼色，訊號顯示牠們是郵差，偽裝的。

我。我是地下政府的公民。「地下政府」與「現在政府」乃各自平行的時空，唯心境和環境不同。兩個政府百姓的肩膀都安裝有微晶片（神的操作新手段），差別在於只有地下政府的公民知道晶片的存在，以及如何透過晶片切換──（拍右肩就是現在政府、拍左肩就是地下政府，以此方式穿越兩邊。）

因著現在時空的百姓並不知道肩上有晶片，即便知道，亦不懂「拍肩法」，包括：
力道、位置、速度、施行瞬間之善念強弱等等複雜幽微的操作（要完成一連串的操作才能切換），所以地下政府派出「我們」傳播拍肩法！

是的，末日終有來臨的一天，算算也快了。現在政府的百姓必須學會如何切換到地下。地下政府的行動，我確定是善念的：左肩的開關，是救命的方舟啊。懂得啟動就能得救──畢竟地下政府才是可信賴的國家，有完備的地下規則且更先進地落實了自由、民主、均富。

開始吧！我們經營地下音樂、地下刊物、地下銀行、地下情人、地下社團、地下社會……開始提倡催眠，讓現在政府的百姓恍惚夢見幸福；開始作亂，讓現在政府的百姓逃竄以鍛鍊體力；開始傳頌「地下至上」的信仰，讓人們不再傻傻望天而是低頭重視腳下；開始提倡擁抱，以便趁勢按下左肩……

一切就快要成功了，當我們按下左肩的微晶片……預料

「現在」時空，將只剩下沒有百姓的政府。（下一波行動還沒決定是否要救那些搞壞世界的各國政府官員。）我在社區的咖啡館二樓上網，與窗外菩提樹連線。我會是最後一個離開，最後只要下樓，拖著我的行李撞向菩提樹（像哈利·波特推著行李車穿過國王十字站的磚牆），槎枒葉影瞬間颳起一陣禪風，乍止，我就回到久違的地下世界。

卷六　鏡面伸出一條條水漬捏我臉皮

花季
總是在精神最好的時刻浪費掉可以孤單一個人。

新年快樂
日曆上的「最後一天」被獸咬著不放。獸走遍每條大街小巷跟鞭炮串門子，踱至橋頭，對著正要過橋的春天大喊一聲：新年快樂！嘴一張開，「最後一天」就掉落橋下的小河。——小河像是咬到一塊肥肉似地，向大海的方向跑走了。

晚霞
坐困在魔術師的黑色禮帽內，一隻神情憂傷的白兔，紅著眼，深入思考到整個身體像奶油融化——最後這次牠答應要慢慢不見。

春天
陽光、空氣以及水正在討論世界和平，葉隙間奔來殺紅了眼的敵軍。

春來鬧花
茶花不是一瓣一瓣落，總是漂亮夠了就大朵掉下來，很有個性。
桃花則會一瓣一瓣落，甚至凋了仍堅持在枝頭，神態逞

強，恰恰是傲氣拉長了餘韻；對生活，絕不在最疲倦的時刻放棄。

櫻花……可能擁有太多歡呼了，所以放不下哀傷吧。

木棉花，就像漣漪突然以貴妃姿態裸身走上岸，令路過者臉紅心跳。

杜鵑花呢？當我行過花影下，觸及它長滿絨毛的葉片，多像都市勞工的手掌，粗糙，果敢，為了生存得適應任何環境……它認真吐納，對愛卻不擅於表達，在工作餘暇也會聽點音樂、讀讀副刊上啼血的詩。

深秋

一片飄落中的枯葉與一滴墜落中的露珠擦撞成小車禍，微風與疏影是肇事者；整座森林變臉，換裝，起鬨，操起枝杈葉盾，繽紛地騎上黃驃、紅騂、棗騮、棕驊、鐵驪、驂駟、赤駿、玃紅馬、黑驦驪、火焰駒、飛雲騅、趕電驥、雪花驄，還有金眼貎狄、蹄血玉獅、蘆花麒麟……瘋了似地捕風又捉影，動盪，騷亂，喧囂，藉機要改朝換代似的！

寶貝戰

不設防的傍晚，微風甜甜，我心開開駐紮中年。草坡上，幼稚園大隊兵馬嘩啊～～殺啊～翻滾飛奔下坡，笑聲撞笑聲，軍隊都追不上的想像力，與我短兵相接，似有桑椹汁紅吱吱沾到天邊和嘴邊，連我老掉牙的時光也甜。

很久以前

很久以前,那是一個戀愛需要長時間等待的年代,那是一個偶爾荒廢自己也是一種義務的年代,那是一個長相和藹而本質是一頭獅子的年代,那是一個不在乎寫詩又深深在乎什麼是詩的年代。

回憶

書裡夾幾張小時候的玻璃糖果紙,糖都被書吃光了嗎?不確定這本我從未翻讀的書是不是甜的,就像我從來沒有打開過自己,也不確定自己的滋味。

寫實

園子裡,鳥獸草木被形容詞趕出,留下一張光影刻畫的石椅充滿體溫,卻沒有活過的細節。

在乎曾經

你在大街小巷蒐集牌與牌的恭喜聲;你說你是骰子擲回的點數,剛剛,至少跟命運賭過了。

仿和歌

春到。雪融化,雪融化,人就潦潦草草地長出來了。

過敏
老天很奸，裝扮世界成一張哈啾的鬼臉。我抽取白雲一片，擤出春天。

對鏡
每次洗完澡後，鏡子有話悄悄說給鬢髮聽，聲聲白霧，又默默經霜。我聽不明白，問鏡子剛剛說什麼，它笑而不答。鏡面溫柔地伸出一條一條水漬輕捏我臉皮。我很皮！每天面對自己，辜負一大把年紀。

悠哉所見
風景跑得比速度快，邊跑邊脫掉春夏秋冬；夢也跑跑跑，滿頭大汗，邊跑邊卸下人們託付的重裝備。我趕時間，時間卻趕我到無頭蒼蠅那邊。

麻木
童年踢他小腹，年過四十才叫出聲，痛得像時間。

時間賊
我最近空無一物，是因為夢到此為止，啊前面是武林：
——忽見一時光輕功飛掠，那是盜者的身影。

改造

走進一家佛雕店，請木刻師傅雕刻我。他摸我頸子，開始刨，我就有種人渣的感覺。師傅心中有結構，順著我手臂敲鑿，就有一條鐵著心的路展開，我聽見火車嗚嗚嗚載歲月離開……師傅，請盡量雕鑿及刻劃，讓疼痛一直在一直在好麼？師傅在我臉部一刀劃出傷口那是笑。我內裡一些哀傷的東西，像我們的島一樣堅硬，請在我的材質鑽個空洞吧，我們都需要有地方躲起來拭淚。分不清是肉末或木屑，紛紛掉在店內我們腳下的國土。師傅面對像我這樣一個人，邊雕刻邊難過，為了我曾經如此麻木。

靜靜的時光

擁有匕首，三味線，一個下午和我。

一日之計

被五點鐘拎起的清晨，臉上無光，昏沉沉坐在沙發，意識流來流去，冷霧像貓跳上餐桌舔著涼涼的城市；陽光刺穿落地窗、刺穿蛋黃、刺穿心臟，清晨將血看作黎明。

冬景

被冷到縮小的小人走在一座大城，大城大到荒了的那種驚慌。

過了元宵

圓圓的心湖，黑天鵝划動兩隻腳蹼在水下舞劍，像很急的時間，春天忍不住捧花等在岸邊。

跟冬天培養感情的方式

在冰封的腦殼深層埋一粒麥子，麥子不死就慢慢萌芽、茁壯，枝枒張臂哈欠，豁一聲！枝枝幹幹挣開死腦筋，突破腦殼、突破冰層，遞給冬天一個春天。

跟冬天學習不忍

不可以冷淡，可以冷靜。不可以冷笑，可以冷香。不可以冷酷，可以冷豔。不冷言冷語，就不會冷場。不放冷箭，就不會遭受冷眼。冷處理熱心腸。冷板凳看看人間徵逐偶爾大爆冷門。不忍不仁，就不冷。

光陰

何處淨，何處不淨，無有界線，美恰恰在無分別處。眸要黑，心要亮，此外不妨糊塗。

這動作非法

灰髮行走思想上，在略禿的前額滑一跤，時光扶起灰髮潦倒的三兩句。

花團錦簇

不滿色彩學,春天一言九鼎地犯規。

休息

上午放自己一馬,從未見歲月就這樣一馬當先到斜陽。

五月

五月快要跨過六月時,抬腳一遲疑,龍舟便速速駛過。

蒸籠飄出粽香,最是人間味。

隨便走走,像微風。夏樹已經聽不見孤高的橘頌。

深深吸口菸斗,往事不如一行煙。

季節性

真的沒什麼,你只是還愛著而已,但你不知道寂寞該要
深綠或淺綠,一時心急就花團錦簇地抓狂了。

觀蟻

你慢慢脫,你這性感的秋葉。你慢慢爬,你這秋葉下性
感的纖腰螞蟻。我快快酒肉、快快的夢想被揍。秋葉你
慢慢、慢慢看我快快消逝,消逝在時間的背面、螞蟻的
眼前。

下午歲月

窗帘好像被鞭炮嚇著了，瞬間蹦到窗櫺左側半公尺外，然後又趴回毛玻璃上喘氣。風惹事生非之後棲在窗外葉影間吃吃笑，七色鳥整個臉綠了，綠臉映在帘布上扭曲成皺紋。

十五夜

走狗運，中秋比狗高興，這運旺旺旺，繼而嗷嗚、嗷嗚長嚎，對著高興得像狗一樣奔來的月亮。

雪景

黃昏時妹妹扶窗探身，對鄰居姊姊說了十六歲剛剛懂的悄悄話，紅泥小火爐的口氣，手勢如早春急切抽長的嫩芽。

五年級KTV

你點播我所有的回憶，又輪到我點播你所有的回憶，遂讓密室有小小生機，地毯邊緣都冒新芽了。有一縷情懷前來敲門，小菜一樣的旋律，點水酒，喚月光，我們大口吃歌、喝曲，紅紅的耳根有一整個時代軟掉。

光陰的故事

在一張古籍地圖尋獲像我這樣一個寶。當年耍寶的模樣

舊了，日期上頭飄大雪，路的曲線變肥，山形湖影鳥飛絕，你和我之間的距離標記一概殘缺。

果然秋天

在社區跑步時，一抬頭看見路旁白千層都開花了，一大片白，果然是秋天了。至傍晚，路燈投映，好像掛滿密密麻麻的耶誕小白燈。千層樹的種類很多，不容易區分，一般為了和紅千層區別，我們把常見的路樹叫「白千層」。

這個季節我想到以前去中國華北黃土高原時，也是在十月，剛剛秋收完畢，犁過的脊地充滿幾何圖像的美，一山一嶺像螺旋梯朝天盤桓，美沿梯滑下。到處都是入秋後燦然的白楊樹，金黃、橙黃、褐黃、亮黃、鵝黃、黃到深刻，風一吹，彷彿燃著了火，一路燒去……在貧窮裡卻呈現出壯麗。白楊樹家族主要歡聚北半球，屬楊柳科，《說文解字》：「楊，蒲柳也。」所以楊與柳常被詩人放在一塊兒，像《詩經》裡〈采薇〉：「昔我往矣，楊柳依依。今我來思，雨雪霏霏！」是我最喜愛的句子。楊樹的葉子或如錢幣、或如暗器之鏢，但大抵葉寬、柄長，雌雄異株，柔荑花序，果為蒴果。白楊依地區有：中國白楊、美國白楊、加拿大白楊……我聽過或看過的楊樹品種就有：黑楊、白楊、青楊、黃楊、胡楊、楓楊、響葉楊、銀白楊……光是名稱就聲色繽紛得令人充滿遐想。

還有一種路樹也是在這季節常令我想起。以前常常去南

京出差──滿街法國梧桐。據說是當年宋美齡從上海的
法國租借購入栽植的。南京的法國梧桐本名「二球懸鈴
木」（也稱英國梧桐），不過，南京市民都習慣叫「法
國梧桐」了。這個季節也適合走在南京偏僻點的街路，
踩著黃、褐、金色的聲響，彷彿有歷史的回音。

夜曲

秋香，是溫潤爽口的一味，啊一味相思；今夜你正如煙，
如煙地往事往事……
一室歲月的感覺，茶几上，柑橘追甜，一瓣追一瓣，追
著心肝，情願這樣追著；
大天使自窗口看透你，忽然你是薄薄的檸檬切片，透月
光，很酸很酸；
時間在自己的鐘面培養舞步，大步慢分、小步快秒，微
跛，好歹分秒一起向前走。

轉換器

我將時間往回撥，我再一次遇見你，再再往回撥，比一
次又多一次遇見你……每次都臉紅心跳，在落葉滿地的
公園長椅上，我獨自一個人，遲遲無法決定是否起身去
面對多年以後的你。

歲末

臨晚，我經過某條街弄，很靜，每個商家都歇了，門口

緊閉，掛在門把上的牌子都寫著「休息中」，獨獨這家拐角的冬日花店門把上掛著「孤獨中」——叩叩叩我敲門，無人應答，卻隱隱聽見花朵與花朵乾杯。

復刻
野風穿功夫鞋跑過河面，時間裡奔來好多水漂兒似的童年。人間扛著地球轉圈圈，夜空裡佛手撥來好多殉美似的留言。

跨年
我率領以往的日子，像螞蟻一樣爬過挨餓的枯枝，爬上一堵牆，在牆頭看煙火掉淚。我率領以往的日子，像一串輕微的夢穿過兩個對罵的深淵，猛抬頭終於看到以往的日出，每一個日出長得像思考，在發笑。

量化
如果你有需要，時間隨時都陪伴著、無限提供著，本來覺得理所當然的，突然在今晚你分析時間，就品質：「此刻」比「永遠」來得富裕。

初春
天空自他臉部升起，就把他神情高高掛，忽然他頭腦下雨，眼窟積水，一輛淑女車的倒影輾過，水花亂笑。

春寒

在綠色中摻入十六歲，顏彩發出尖叫，再怎麼淡定的風景都會霎時發抖。

羊年

讀著日曆上的格言一日一日失效；讀著後退的高鐵車窗之外一瞬一瞬春天夏天秋天冬天，以及我的天。

讀不到的是眼前，原因出在硬碟或軟件？試將春天重開機，三秒黑幕之後，聽見雲雀叫了幾聲，花團錦簇的桌面一元復始。

萬象更新到初五，財神來，春光明媚地討論羊毛出在羊身上。

羊年卜事業

春風螯臉，點點花紅，過敏的草一綠就綠到天邊，天邊一群白羊踱著精靈似的蹄子以一天又一天一年又一年的速度低頭思考，順便吃草；白羊一抬頭，卻見春風言笑晏晏，遠處走來紅頂胡雪巖，轉身一縷羊脂白的煙。

羊年嬰孩篇

列車中此起彼落的嬰孩在過年，笑的、哭的、碎的、尖的、圓的、卡住的、脫韁的……催列車一起去過年的嬰孩；大人一直相互安慰這年那年、許多年，突然列車擔驚受怕地瞪說：噓，小聲一點，別惹嬰孩，他們可不甩

現是民國幾年。

春天的讚

現在的讚是春天的讚,有一種按,在臉上,輕輕像蝴蝶
站花瓣。

現在的雪是忍不住的雪,正在體內暖化,原來恨也可以
像愛一樣融解。

現在的白,目為一條河,總得繼續流下去。

現在的淚,更累,打從心裡淚。

現在的天,不仰望而純聊天,就這樣Line,過去種種除
了賴自己還能賴給天?

現在是已經過去的此刻,心會暗暗走向天亮的。

現在的愛只有現在,但一定還有某些未來的讚,沒被絕
望按,按在羞羞臉上。

溪頭

哎這夢,既被視為耳邊風,不免覺得冷。夢這山一路走
來、走來銀杏柳杉紅檜,響著一身綠啊綠,夢這螢火蟲
住在隔壁,一閃一閃有你的消息,夢這舊夢三十年前還
高聳挺拔,如今大清早都是拐杖,雨傘,彎彎的喘。

狗臉

狗臉在深夜浮現,唧一段歲月置於我腳跟前,我倚靠沙
發閒閒地說:「好久不見呵……」狗臉吐舌詫異地回應

「汪汪汪！」牠想對我說什麼呢？我沿牠的眼神望向
小木屋的天窗、再望向星空，啊我發現一個全新的搖椅
星座。我像一個深刻的母親端詳狗臉，「牠為何微笑
呢？」我正納悶，卻見腳跟前的那一段歲月正在風化分
解成沙粒，緊接著狗臉也風化到不復辨視，彷彿一張古
老的島嶼地圖不復辨視、不復辨視島嶼上的人與情操。

大學

青青校樹遞給我大學，大雨很中庸地平均分配給傘，而
我的傘總是在計較雨低聲說了哪個同學的名字。至善，
止於門口那株老榕。誠意和正心在商圈遊魂，但要記得
返校喔。天下很遠，烏雲很近，治國也就那樣幾聲雷鳴
爾爾，到如今我只負責齊家，偶爾修身。我手捧著很久
很久以前的大學，有時在夢裡統計夢，得出的人生總是
大約。

卷七　一起傾聽遠方鍵盤食野之苹

貼文與回應

「西方極樂世界和網路是一樣的：無限，互動，升級，
粉絲按讚，絕對商機。」

「網路和西方極樂世界是一樣的：一念，接引，慰藉，
眾生頂禮，將信將疑。」

給軟體公司的留言

我不喜歡垃圾郵件被過濾得乾乾淨淨，突然有一種沒有
朋友的感覺。

近況更新

寫給創作一封長信讓它知道遠方，讓它憐惜任何一個微
辭。用生活說出像圍巾溫暖頸子一樣的話語。讓秋風瞭
解葉子飄落時小聲問了什麼。讓陰影改變態度，以一片
清涼鍛鍊幽默。最後，跟屋內一隻耐性的壁虎學習體諒
而且產下一顆句點送給對不起日子的人。

夜讀

不使用網路、不逛臉書以前，或許我也曾有過那樣一個
人專注、虔敬地坐在書桌前，像掉到書外的一枚古字、
像教徒解讀煙的含義。

軟實力

今日有瘋，神經大條的風哈哈哈無畏地撞向玫瑰刺！迎風衝刺中的刺，反而膽怯地抖了一下，飄落三兩片花瓣，在風中按讚。

神馬都是浮雲

月亮、月亮天天在改變……浮雲對月解題，計算出正確的四季。

這樣的好表現，初一、十五竟然被神在天邊打個圓滿的0分。

——「什麼！怎會這樣？」

——「抱歉是失誤！神嘛也會走神的。」

神在懸崖勒祂胯下的神馬回頭，馳至一古剎。

寺門前神馬踢踏，神態都是浮雲。

月光，月光善念著楹聯：「人間蕭條 香火鼎盛」。

一夜恍忽。

黎明，驚聞梅花開頭唱道：「春神來了！」

只有春神用走的，祂一路跟每個日子握手，每一握手就開出一朵花。

網路是非

讀了你的已讀，心懸半空，看不見的行為令人膽寒，螢幕亮著光壯膽，孰料，惡向膽邊生。

2014.6.19

這天，臉書掛點的下午近四時，我正在伺服器裡面開會討論這世界除了速度還有什麼是消費者不可或缺的。突然，大規模流量像飛彈似地飛掠我心中一片荒田的上空，我還以為是一群麥田寒鴉呢。那一片荒田有稗草般的念頭醒來：「我是否已經很久沒耕種了？」我自問，平時我最殷勤的是在臉書巡別人的田頭田尾。我忽然很想耕種，我有沒有把誰種植在心內？而誰又曾種植我在他的靈魂深處？臉書經過三十分鐘後恢復，版上開始傳言是某國的駭客攻擊……我的手指在手機上滑八卦，像水黽，在水面上運動，但我多想把指頭往下摁，如同插秧，我真的想種植什麼。

APP廣告信

他結合孤鳥和孤狗應用軟體技術，終於順利將他的陰暗面裁下，附件在一封電子信，寄出。訂閱的收件人點開檔名「陰暗面」的附件，瞬間就驚飛出一大群熱帶叢林的鸚鵡，斑斕，絢麗，整個室內瀰漫著熱情的鳴叫：「要幸福喔、哈哈、要幸福喔、幸福喔哈哈哈……」這是他最近研發成功的「APP幸福療癒笑聲促銷方案」，七九折，如果你能提出不快樂證明，就六三折，如果你提出不幸福的原因，可以加價購。如果，如果你回饋一隻搞笑的鸚鵡，就成為小股東。

科技化智慧型戀人

我的戀人遺失了沉思而遼夐的側臉，她不再遠眺，不再
閒情支頤，她的臉整個倒栽入光滑似水的手機面板，訊
息毫無表情地在她眸裡逝水般流動。我在戀人身邊，用
手指撥動我倆相距遙遠的光年，也撩了下她傻傻垂落前
額的長髮。

魯蛇

我飄浮在房間的半空中。累了想睡，我就會凹進壁面，
看起來像是大片水漬。我嘗試生活在天花板，其實是有
人付費授命我監視房間裡的「我」。那個「我」生在
房間幹些什麼呢？這是上帝一點也不感興趣的問題。

通訊

我渴望浪費你，用鍵與一點點賤；你以手機詆毀我，低
迴我⋯⋯

日光浴

我們互信對方的臉書，那是一片開朗的果園，或許有陰
影，仍迎迓為嘉賓。
一起日光浴，在螢幕，一起傾聽——遠方鍵盤食野之
苹。
而今夜，臨窗雨點淅瀝，陌生的麋鹿踩著親愛的印子，
猜想此刻我們明明只是暫停，卻比永恆恬靜。

Line

天機最令人心癢難搔的，並非不可洩漏；而是每次正正經經丟出問句，它都回傳可愛的表情符號。

世說新語・造句

(1) **記得Line我**

記得Line我，順便Line一下長河落日、Line一下大漠孤煙，我們都是群組。

(2) **分享……讚**

「你有看到我分享的影片嗎？那是我的來生。」

「有啊，剛剛我回到前世點了你讚。」

(3) **穩定交往中**

我與時間穩定交往中。但是，時間已讀不回，這讓我很焦慮。

(4) **Google**

「我還在人世，不信你Google看看。」Google map輕易找到荒煙蔓草的墓碑，碑銘的錯字也找到了——「但那不是我！我是編輯，有錯字一定會爬出來改正。」

(5) **Wi-Fi**

這裡Wi-Fi很慢耶～～「這裡」是指天堂或地獄？慢一點好，我們活得太快，死得也會不耐煩。

(6) **取消好友**

我取消好友了！這世界愈來愈便利，連好友都可以直接省略「對不起」。

(7) 追蹤……上傳

我有七十億個人追蹤，除了你之外。你寂寞嗎？要不要上床到雲端。（大誤，是「上傳」。）

(8) 灑花、遠目、跪求、大推、敲碗（請自由組合）

久旱不雨，猛日敲碗，老天跪求。驟然之雨，大推。雨過新霽，樹上有蟬（灑花），樹下有禪（遠目）。

(9) 洗版

都到了0.001秒洗版的年代，一隻蝸牛還慢慢擦牆，青苔還慢慢在牆上親筆提字。

(10) Po

你橫陳的內容讓我想到衣物，你素直的標題讓我想到肉體，情傷以後，我慢慢有靈魂可以讀你了。以上，原Po是正妹。

取悅

我取悅石頭，我取悅石頭旁怒氣沖沖的尖石頭，我取悅尖石頭旁打圓場的卵石頭，我取悅卵石頭旁像石頭的人，像石頭的人低頭一直Line可愛的貼圖取悅我。

互聯網時代

驚奇都是在我們被遺忘的時刻創造出來的，即便最終沒發生驚奇，甚至我們永不再被想起，但，重點是我們自己主動不想被想起的，「被遺忘」是我們的權利，如果連不想被網路搜尋到都身不由己……我們的祕密無所遮

蔭，人性在烈日下灼傷。

我是貓

我是貓，從3G沿光世代的牆緣，一路上行到4G，在路邊探入一堆影音一堆被打得要死的Word，以為可以吃到飽，我錯了，只覺得更餓、更口乾舌燥。我在好友的Facebook遇見發春的讚，貓薄荷氣味的電子郵件一直來、一直來促銷未來，WeChat提示：「我通過了你的朋友驗證請求，現在我們可以開始聊天了。」那是App雞婆發出請求，我能聊什麼呢？此刻我在氣頭上，因為剛剛被密碼欺負，它反覆要我重新輸入那些早想淡忘的，我為何要配合不熟的軟體勾起不愉快的回憶呢？我是貓路過Google旁邊，因為沒有被搜尋到而狂喜。把我關機，忽然一陣戰慄，瞬間城市喵一聲就整個暗掉。

刪不掉的病毒

可以像沒有來生一樣重整我嗎？可以重灌那個千辛萬苦抓回來的故鄉嗎？可以空運十貨櫃的「我的最愛」回來嗎？

悟

不分別、不執著、不著相，統統加入好友，善男子善女人盤腿面視窗，爐香乍爇，網路無邊，對話框內亂心生煩惱，如來如去，一念搖搖晃晃。

按

我活得像按鍵那麼簡單，一按一按一按，微微振動內
臟，我打個逗號不小心就下半輩子，在下半輩子要結束
時我終於收到一封簡訊，按開來看，裡頭只有雲淡風輕
的一個句點，像明月那樣白費。死前我一按一按一按，
回覆……你按開來看，啊空白，像一張空白很久很久的
床。

風景

夜將臨，有閱讀癖的蘆葦們只好舉起一枚夕照……燙！
反射動作即丟──落日滾到一邊了。集合青光黃光赤光
白光的落日淡定地微妙一笑，揮揮身子，不以為意，繼
續提供老殘的光。風在吹，吹字形字義進入轉折處、幽
冥處、沼澤處，禽鳥按筆畫一步一啄；風繼續吹，芒花
如翻書，故事要露不露的，很性感。落日一旁將息，大
塊文章也該睡了。

際遇

飛機只想自己旅行盡興，它蒐集日出、星光、雲朵、告
別、想念、里程數……降落時才發現有人藏在腹肚且拖
著行李走出來，多餘的人變成被迎接的主角，這讓愣愣
坐在停機坪的飛機有點不舒服。
就像撒哈拉沙漠中那架聖‧修伯里熱愛的飛機本來是主
角，沒想到後來演變成小王子是主角，甚至玫瑰、巴奧
巴樹、綿羊、狐狸、蛇等等都當配角了；而連配角都不

是的飛機姿態飛得那麼高有什麼用，除了等待修復還能
怎樣？

不重要的人
我決定和自己告別，刻意在每一個車站留一點、留一點
自己，採平均分配方式。終站時，驚嚇地發現自己完全
沒有減少，因著我的未來在別人身上發生，我的過去在
別人身上印證。

人心惟危
眾多志向分頭趕路、趕時間，操勞前途，兩旁風景跑得
比速度快……路肩護欄要命地想睡以致斜斜靠向一輛載
滿雄心的不要命卡車。

異國情調
霧月。我夾著一冊《聊齋》行經塞納河畔，聽見一縷菊
花魂，化作落水聲。

犛牛
遠看大草原上一點一點的小白花，走近時，花蕊變成凶
凶的犄角，花瓣綻放成大朵大朵的形體。嗯，確定那是
一群獸，靜美而寂寞，闖出童話多年了；牠們漫步在
大草原，咀嚼往事，偶爾舉頭問天，老天答以滾滾的雷

嗚⋯⋯遂又埋首，吃草，且無邊無際地思考。

問天氣

天氣坐在門檻學會跟自己陶醉，像說書人。天氣會告訴
你太陽是否高興、月亮有無入夢來，天氣會告訴你到底
是豐收或欠收的人生，天氣會告訴你遠行或回家。天
氣會讓麥田長出舌尖和脣形，風一吹，就說了漫山遍野
的我愛你。天氣創造一個鳥兒飛過麥田的日期，讓你猜
疑。

人偶裝

像我這樣一個盛裝的人偶在雨中舞蹈，千條雨絲操弄我
肢體每一處細微動作，以及臉部表情。
我愛穿動漫人偶裝，跟世界搞點笑。
只要穿上，我就可以支使我的靈魂從人偶內部鑽入另一
個世界。我不是靈媒，但我有天賦可以把人間的不快樂
一點一滴運往動漫世界。
動漫世界需要我。在他們的世界，快樂是一種職業，如
果快樂變成職業就不那麼快樂了。所以動漫們需要悲
傷，痛苦，哀愁，心酸，思念，憂鬱，恨意⋯⋯這些，
讓他們感覺真實的存在。負面的情緒（或者所謂的悲
劇）才能刺激他們湧出活下去的正面能量，愈悲慘愈是
他們的豪華盛宴。他們透過我的眼再穿過人偶的眼洞豔
羨人間的不快樂。
我並非慈悲或基於公益動機，實際上我的行為更像是走

私交易。穿人偶裝是有償的,每次,我的報酬是可以從動漫世界帶回來一點點快樂。

日復一日,我從未職業倦怠,然而——這一次,是我最後一次穿人偶裝,也是第一次脫不下來。

動漫世界決定擁有我,不讓我回來。因為發現,我是他們所見過不快樂到必須裝瘋賣傻的極品。

目的

忽然在不為了什麼而存在的地點下車,不為了自己而旅行的那種有所為的旅行。

櫥窗

每到午夜十二時,鐘聲一響,櫥窗內貓形物就活起來,瓷的、陶的、木的、布的、銅的、鐵的、石的、塑膠的、奈米的、琉璃的……各色質地的貓形物。櫥窗外的世界彷彿死去,路燈垂頭一副傷心欲絕,燈泡忽明乍暗,像人類一樣壞掉。清晨六點,天一亮,櫥窗內的貓形物,本該依照童話規則回復靜止,卻沒有,這次它們竟然集體出走,走出櫥窗,分散在世界各地,貓形物以活生生的態度,大大方方蒐集人類當作寵物,貓們愛惜人類,直到人類如墓碑靜止在星空下,各式各樣的墓碑,瓷的、陶的、木的、布的、銅的、鐵的、石的、塑膠的、奈米的、琉璃的……

東京一夜

月亮在微笑，只有烏鴉看見。樹上的烏鴉，只有春神看見。春神極其纖細、極其深思，只有紙的品質看得見。

逆旅

雨點在巴士車窗簽名給匆匆再見的風光，行人淋漓如海報。

古堡

彩霞伸進屋內，溫柔地將密室牽至外頭呼吸，密室一哈腰，舉高滿天星斗。靜夜，月光在溪邊刷鍋子，金屬聲響亮刺耳，像芒花鬼叫，像孤魂有料。

麗江草稿

親愛的，你看那彩雲邊緣，縐縐的、卷而倦的，好像剛表演完丟散一地的戲服，還揮發著天體的陽光呢！
親愛的，你看那彩雲邊緣，懷金的、羞紫的、青獠的、淡靛的……啊，彩雲邊緣就是，就是思考了。
親愛的，你身軀亮片哼著歌呢！江聲細細為人民服務，退休的巫師指著木石刻痕，說：有人偷釣親愛的時光。

迷路

有一回，我問一位在荒野中的牧羊人：「你們趕一群又

一群的羊去吃草，你的羊和其他大爺的羊難道不會搞混嗎？羊是否也常會迷路呢？」

「不會搞混啊，每一頭羊都有特殊的樣子，二流子才會搞混。」

「羊與我們之間，靠感覺，都像親人一樣了。」牧羊人笑道。

「羊會走失，也會跟錯隊伍，不過，牠們經常會自己回家，或者下次與別隊相遇，又會自動歸隊。」牧羊人補充說。

「萬一沒有呢？我是說羊如果沒回家呢？」

「沒回家……那羊也是不得已的吧！」

牧羊人接著說：「沒有哪一頭羊會擔心迷路。」他說這句話彷彿有空谷回音。

「啊？！」我突然接不上話。

日本旅行的幾則意象

A1雪：親情

輕井澤那一夜，小木屋護著我們一家四口。外面是雪、木屋內暖氣如親情，喧譁的世界被雪靜止。

跟大孩子們聊到意志與耐力，說：每一個人都必須學會一項求生的技能，那麼在人生中遇見大風雪才能生存下來。無論你願意與否，人必須先存在，然後才能實現夢想，或者先存在然後才能回頭理解、推敲存在的意義。……此刻我也忘了當時所談的細節，只記得各自以小小的生活經驗舉例罷了。

旅人通常厭倦了整理、厭倦了規律與井然有序，所以才選擇旅行，用旅行打亂日常，所有的風物和情緒都不是、也不必是自己的，只要記得最後把飄散八方的自己帶回家重新安頓即可。

入夜，有一些些霧，霧與雪有不同的質感、異趣的心靈層次。鏟雪機械獸，餓餓地吃上山坡了，雪被吞食又反芻給大地，在燈下，雪地笑成無紋的青瓷一般。一股全心全意的頑皮，對雪撲去。

清晨，我們一起滑雪。滑滑滑，身體與雪橇與日光溫暖一起滑下，想像皺紋滑過我的臉且歲月沙沙作響，想像雙鬢驚呼且回憶作勢飛白；而孩子們翻滾的青春，如同雪地銀燦燦的反光。

Ｓ形的速度與阻力是人生行進的方式。要用完整的身體、開放的心意去拿捏平衡。這天，氣溫攝氏二度，正午升到攝氏九度，天乾，感覺不冷。聘教練二小時，學習從斜坡蟹步往上，很慢、小累，身體漸漸熱起來，而滑下時，風暢快地刷洗了一遍身心，一遍又一遍。

第二天再聘教練複習兩小時，然後就是全天自由滑行了。搭纜而上，在不同的滑雪道上來回十幾二十趟。開、內八，開、內八。Ｓ形的人生。我們練習如何把重心擺在下盤，上身自然垂直。滑滑滑，俯衝再俯衝。

想起以前在北海道玩雪，那時孩子們第一次看見雪極度亢奮。每次一下車就衝向雪地，迎風喝雪花。轉眼間，已經從玩雪成長到可以簡單滑雪了呀，很快，很快將向

現實生活滑行而去（請記得 S 形的速度與阻力）。請記得我們一起練習過如何在跌倒時放鬆身體，並且用什麼姿勢角度重新站走來。

我們不像雪⋯⋯雪太完美了，注定無法適應現實生活。

A2雪：想像一二

之一，雪怪獸

外頭愈冷，我內心愈像夏日廟埕的祭典。遠處山頭有聲轟然，一頭雪奔來，跳入我訝然張開的大口。

我：「親愛的雪，你正在我體內融化耶！痛嗎？」

雪：「融化是不會痛的，遺忘才會。好熱啊⋯⋯我本以為你的心夠冷。」

我：「快走吧，我怕會把你融化的。」

雪：「走不了啦。我雙腳已經開始融化了。」

我：「啊！怎麼辦？」

雪：「你的心有出口嗎？」

我：「往上爬，從眼睛出去！」

雪：「好。」

雪努力往上爬，從我的眼睛奔出，是淚。

之二，雪妖

睡在雪地的小妖，身長大約小學低年級生的腳印大小，她渾身通透，綠光瑩瑩，小指頭是雪花結晶體，有玉米色的黃金鬃，眼睛一小點晶亮而黑，頭上有軟軟的觸角，一有想法就變色。她們住在樹根洞裡，最愛玩碰碰樂——亦即側身互撞肩臀，琤一聲，有火花，春天就是小妖不小心引燃的，綠焰如芽，火勢如花。驚蟄那天，

小妖愈玩愈瘋，互相撞碎了，變成河水，流向全世界，有人將小妖掬起，飲入深深的體內聚為魂魄。

B1動畫：如同想像力迷路

宮崎駿的三鷹之森吉卜力美術館提供你小而美的迷路，面對一份好心意，即便迷路也是精緻的。進入吉卜力，它提醒你迷路是合法的、有理的，叫你務必放心，放心迷路。上午十點，它要喚醒童年了。

門票嵌著底片，裡頭是神隱少女，她正從迷路的森林裡跑出來。門口的陽光睡成一隻龍貓了，牠慵懶，如同我的旅行。

通往童年的歧路上，抬頭看見牆上的大鐘一副舒服的樣子，因為在這裡容許鐘忘記時間，容許鐘停停走走，鐘在這裡老是笑得很卡通，我猜，鐘到了晚上就跟卡通一起眠夢，天亮也不必早起。

宮崎駿的書桌上，菸灰缸裡有很多菸頭，尼古丁都睡了。書桌和座椅的周遭，一堆書不乖，四處堆得像一座模型城鎮，我繞著城鎮慢慢、慢慢走，快樂的智慧在左腳右腳之間，逐格的光影在嬉戲奔跑，偶然有靜美的書聲掠過天花板，撞夢一下。

我正迷路，迷路中發現一幢一幢的家冒出芽，芽長出炊煙，在這裡有種溫馨的感覺。波妞小美人魚的手稿那麼活潑地鬧著要確定未來……手稿疊如一座危崖，故事在崖上飛，浪在音樂裡拍打，雲在飄，點點滴滴的回憶在蹦跳，但，動畫不提供未來的解答。想像力如龍夾帶風

火,紅豬駕飛行艇盤旋,天空一陣緊張一陣亂,接著就
和平了,一抹淺笑彷彿停在兩次世界大戰中間。

中間,為了喘口氣……我像小鳥飛,向上飛出戶外的鳥
籠,停在天空之城的機器人肩膀,機器人右肩傷口上的
芒草正張望遠方。

划來划去的日光,跳來跳去的葉影,意象驚亂中,就在
淺草綠與羊奶白錯落的牆下,驚見宅急便小魔女載著我
的孩子騎掃帚衝飛而上,如時光。

B2動畫:大意象與小細節

吉卜力,一處說故事的地方。說什麼故事?故事怎麼
說?這兩枚問號代表了動畫的核心魅力,再來是圖像,
最末才是技術。

故事是靈魂,圖像是故事的身體,而技術讓靈魂與身體
動起來。這是我這些年在工作上對動畫的理解。而一部
動畫最感人的質素是什麼?我想,就是詩意了——潛伏
或者內蘊其間的思維、節奏、邏輯、美與幽默……換言
之,即「大意象」與「小細節」的合體。

美術館的水龍頭鑄成一隻黃銅形的小貓咪,下水道的人
孔蓋鑄成可愛的笑臉,龍貓的耳朵長在牆上成了窗扉,
某個圓圓的玻璃窗擠滿「黑點點」煤炭絨毛玩偶恰似一
顆大眼睛裡又孕著很多小眼珠,還有馬賽克所引進的柔
光……這是小細節的質地,透過細節,發現心意,有心
意才有創意。動畫大抵如是。

大意象,指想像力的原型。初心地、影音地創意一個故

事，亦即，說好一個故事。故事才是品牌。技術不是絕對，技術是相對。相對有好故事才能讓技術有舞臺。

品牌不一定要大。我經常想起臺灣的精緻農業，臺灣動畫應該向農夫拜師，農業以小細節的謙遜，呈現創意，讓「小即是美」成為活泉。再者是態度，一眯眯眼神，或者一小小態度，代表了長年的美學訓練——美就是有訓練的直覺啊。擁有謙遜的「相信」，才能成為會說動畫故事的人。

小即是美！是的，如同安德烈·塔可夫斯基所言：宛如一滴水珠所映射出的整個世界。

C1櫻花：構圖

一月底，新宿御苑的櫻花少許開。

建於一九〇六年的新宿御苑，乃明治時期的皇室庭園，具有近代西洋庭園風情。基礎規模是當時的農業學者福羽逸人所擘劃，後由法國園林家安里·馬爾其設計，由三個不同形式的庭園所組成：「英國式庭園」有高大的櫸樹和鵝掌楸樹；「法國庭院」中央有玫瑰花壇，兩側種植梧桐樹；「日本庭院」則是流水環繞，有舊日情懷的亭臺閒趣。在冬日末梢、開春之始的晴光中，御苑乾淨，冷靜，淡雅的俳句風味。

御苑裡的櫻樹有骨感，黑如魅，未綻的櫻枝更具靈性。櫻，彷彿沉浸在推理中，安靜，自在，危險……突然幾個微笑的小花苞，擠出可愛的小虎牙。記得我之前還在東京銀座穿梭，看每一個人的表情那麼專注，每一個方

向和目的那麼明確，像我這樣的旅人偶然腳步一猶豫，就昏頭轉向了。在都市快速的移動中，每一個人都是別人的一部分，每一個人走入我，我走入每一個人。然而一到御苑，遽然靜了，靜到心疼，彷彿聽見櫻的骨節間正忍痛催生即將爆出的花魂。站在櫻樹下，如果讓你心疼，櫻會抱歉說：真過意不去……

御苑老樹以藝術引導枝枒生長的方式修葺，老樹並不是一律依規矩向上生長，乃就樹之個性，讓人覺得它彎得有道理，直得有情節，竄得很平衡，樹就像建築一樣推算了方位似的。即使冬日枯黃，草地刈得平整，陽光拉我們奔向遼闊。櫻花是唯一被默許的破格構圖，出血在版面之外。

下個月，櫻花就要全面開了，據說今年氣溫較高，綻得早。賞櫻可以全面，也可以只要一點點。櫻之美，重點還是在構圖——心之構圖。

C2櫻花：繽紛祭

我是千瓣點亮的祖靈、我是硫磺味的山神……我沒照顧好去年，對不起，凡是答應的，落花都付流水了。

今日，霧活過來，卻跟我一樣老糊塗。讓山走丟了小名，讓花失散了花魂。櫻在上游溫泉休憩，語言是一叢一叢的了。

灰雲，青霧，緋櫻——瞬間繽紛我心。

櫻花未綻時，葉轉紅（沒人發現）；櫻花開時，綠葉一併掙出墨綠的骨幹（也沒人發現）。櫻被等待的只有

花，旅人痴迷，鞋底厚積花影，踏去無聲、走來寂然。
這些我都看得很清楚，我是祖靈、我是山神。

每株櫻為了花期一年輪迴一年永無歇止而有點小煩，
沒睡飽的花，像半人半獸的紅眼睛；櫻撲向我，吃了
我……我是千瓣點亮的祖靈、我是硫磺味的山神……我
沒照顧好去年，對不起。

山寺

日子請小步小步進來，進來一念之間歇歇。木魚打盹又
咚一聲醒來，個性活潑的鉢笑一聲脆，頓時清涼。佛裊
裊過日子，一溜煙是我。

歡迎到此一遊

這身體繼承許諾，這心無非關心，我原只是一堆瑣事到
此一遊。凡令我受傷的，我都跟傷口好好溝通；凡愛我
的，我將愛當作意外。從文字始，迄於不立文字之處，
中間行過紅塵，我原只是一堆瑣事到此一遊，沿途將現
實當作魔法，將絕望當作超能力，將永遠當作此刻。牽
掛，曾經讓人生更勇敢；放下，感覺像是累了終於回
家。

卷八

一陣大雨敲打湖面圈圈叉叉

革命劣勢

裁員那天行經國父紀念館廣場，她們牽著高貴的小狗在我腳邊嗅著一架墜毀的玩具戰鬥機，感覺我無生還的可能。

媒體正義

俊挺的標題，激情地自時局裡拔出來，活像一把好看的武器；這麼大的報紙伸張開來卻軟趴趴，得靠別人的手，才行！

貧與富

大雨劈里啪啦，報復式轟炸華爾街，驚得錢滾錢，窘態被路燈看見。錢爬起來很紳士地揍路燈半死；路燈痛到折腰，不巧還壓傷一些靠微光取暖的流浪漢。

寫一首抗議詩朗誦

多麼好心的他將手探入我的嘴，阻止一排假牙脫口而出；他接住口水，以免弄溼他私有的國土；他塞一塊糖到我嘴裡要我聲音變甜；他調整我高舉的義肢，像扶正廢墟中半傾的棟梁；他放鞭炮且吆喝全民為我鼓掌，喧騰中我只聽見我一個人的掌聲，用力，認真，沒有知覺。
他以黑函舉發我年事已高的假牙、義肢的材質以及詩，統統沒有經過環境影響評估。

丐幫幫主阿公與蛇年經濟

退休後的阿公愛上了狗，養起許多雪橇犬，發願要在大寒中拯救迷途的商旅。這天不忙，阿公去冬泳跳水，上岸時皮膚紅通通，像一尾活龍，他說：「該你跳了！」我脫剩一條有蛇年吉祥圖騰的大紅四角褲，抖得盤成水蛇狀取暖，假裝冬眠。阿公用很冰的手指嘰咕嘰咕搔我癢，反覆說：「該你了、該你了……」我煩啊，瞪阿公！接著，我倏地像眼鏡蛇傲然挺立，蛇信嘶嘶作響，一副跟世界有仇的樣子，凌空竄上，轉體三周半再反身垂直射下──落水瞬間冰成一枝丐幫失傳多年的打狗棒！一旁的阿公搖頭嘆道：「瞧這景氣把你凍成這款樣，唉……咱那時的丐幫也沒像你們不堪！」

黨爭

他們鞏固起來的小圈子把世界排擠到屋外，世界因此變得遼闊。他們站在原地指指點點愈飛愈高的世界，突然，世界旋身以鷹的速度俯衝而下擄走他們的小鼻子小眼睛。

規畫

龜畫沙灘，潮來拭淨。龜繼續努力畫畫畫……而世界已沿著海岸線跑到未來的前面。龜，畫了什麼？龜終於畫出一幅很像臺灣的地圖，潮來拭淨。

天淨沙賞析

整座島嶼的枯藤老樹在罵昏鴉。

昏鴉可愛地回道:「人家只是小橋流水……啾咪(^.<)」

古道西風凜冽,斷腸人瑟縮地扯緊領袖。

一隻瘦馬以破蹄,向後刨著大好河山成廢墟!

念此際,夕陽像經濟西下,政治老在閒嗑牙。

整座島嶼痴望天涯。

論主權

今日雨中跑步,發現行道樹高舉右臂僵在那裡,像在支持荒涼。

新葉慘綠,槎枒鳥鳥,樹幹很幹,默默吞忍幾口酸雨。

我向前跑,踩著雨水、雨水踩著國家,國家唧唧唉唉說生理有反應,但就是不硬。

會議

幾個緊急會議在雨中呆立,反省剛剛脣與齒之關係。雨絲像問題一條一條,答案恰似滿街跑的計程車,每輛都類似。

超級業務員

他的肩膀綻放斧頭,前額萌發千夫的手指;他是所有踩在腳下的自尊拼湊成的一尊;他是不會倒下的倒影;他的風骨關節被時間鑿落許多鈣,走跳時忍受寒酸;他背

上插著高樓大廈像京劇背上插的一枝一枝令旗，鏘鏘鏘挺進鬧區，在未來的各個分叉，剿除敵軍。

工讀生

派出很多戀人到街頭，拜託片片落葉填寫問卷，調查哪一片真心願與禿枝偕老。

不能說的祕密

產檢時，超音波快樂地在肚皮滑來滑去，跟孕育中的胚胎玩遊戲。從影像上可以看見娃娃車、書包、考卷、證照、公事包、手機、鮪魚肚、假牙、蹣跚的拐杖……醫生說胎兒很棒很健康。孕婦幸福地笑了。

鄉村變化

有些電線通靈，零和畸零不通電。有些樹是百年素人，有些夢不想人。有些曆錯誤，有些錯兀自幸福。有些山刪了，有些雲不知所云。有些池辭職，有些荷花光光了。有些人生了，有些命，運走了。

營運

春天是大企業，水是雪死掉後的接班人，水有責任找來陽光與空氣擔任得力的左右手，鳥獸蟲魚開始忙忙碌碌，植物們在天地間辛苦地支撐四海一家，春天的營運

年年如此，信用是報表，容許花兒是唯一的赤字。

教育

一技之長都是逼出來的；一事無成都是順其自然的。

信用

聽了太多大話之後，我霍然自會議中站起，踩過滿地毯枯萎的耳朵，聲音像婆婆媽媽。大話依然勇健、依然在我背後不斷大喊：您別走，您誠心說句話吧。

憶茄萣

麗日，天氣突然陰沉沉，彤雲欺壓下來，路人在不知發生什麼事的情況下紛紛倉皇散去。有一絲餘光自空間與時間的罅隙竄出。（不知路人之後將會發生什麼事？）那一絲餘光頗為夢幻，像是漫遊者注視異鄉櫥窗的神色：——憂鬱、驚奇、多層次情緒。我發現那餘光漸漸顯示一條如廟會的龍形，並且在我手中的魔法占卜書上疾速迴旋，乍止，與我對望！那龍目，分明是屬於嬰兒的，再仔細往瞳裡瞧，啊是故鄉的藍海，波濤難過，彷彿諭示著什麼……我一回神，陰沉沉的天氣，閃電，大規模落雨。

紀錄片

我在書店中央放映一部紀錄片並且舉行座談會。

書圍過來，其中一冊舉手，亮出思想，讚道：「我數度睡著了，然而中途每每醒來依舊感動。」說完，一陣笑聲。

有一名自稱「時光」的女子舉手，悲傷地說：「反正活得再久也不會超越死，除非有夢留下。你的片子都是記錄別人的夢，你自己的呢？」

另有幾位顯然是讀書人，他們開口，語牽絲，不知所云，我體諒他們蠶一樣正忙著結繭。

座談會很精彩地結束，我忽然看見位置中央一隻黑寡婦，默默吃字、喝我的影音。

選舉色色的想

綠／

春天的新娘把「狼來了」聽成「郎來了」，一嫁八載。

藍／

被染的人，懶懶的，沒有色欲。爛的人，勤勞起來更可怕，染得別人一身爛。

無色／

也是一種色，萬一含毒更危險。

黃／

小便的顏色，政黨吃人上火。

黑／

污染過才發現河面油亮，鏡子般照出壞蛋的光采。

白／

跟吃有關。

紅／

一樣都是旗幟，一樣紅色情迷，你可以舉，別人就活該
不舉？！

灰／

弱勢的、邊陲的一堆顏色，組成聯合國。

十倍速時代

每個大人心中都住著一個小孩。現在問題來了，這個小
孩、甚至小孩的小孩都長很快，很快吸光大人的營養、
撐破大人的肉體，替代了大人，又繼續幹違悖赤子之心
的事。

示範

看電視，瞌睡，耳朵斷續灌入聲音，是搞笑之類的節目
吧？頓醒，看見節目中滿地爬的嬰兒甩脫大人的扶持，
搖搖晃晃地站起來，一副頂天立地；一旁窮緊張的大人
到這年紀早已一蹶不振，一時還無法體會嬰兒的示範。

如果這樣

何時開始，人類對動物園有了居家的想法，想過過簡樸
的生活。人類向園區的牛頭馬面報上編號，領完牌子，
就各自走向他們的圍欄或鐵籠。一時無家可歸的動物們
則是領完國家賠償，結伴去草原、沼澤或荒漠，享受著

比人類更簡樸的生活。

國事

求求公車放我一馬，我不追了。求求前途放我一馬，我
不追了……我不是累了，我只是要慢慢走，讓你跟上，
求求你跟上！可你是影子，卻像一匹老馬的樣子。
以上所言，老馬在臉書，按：「朕知道了」。

黑白切

黑社會，善是天理招髒的，惡是天理昭彰的。
黑道也有白人，白道也有黑人。
扮黑臉的，不一定是清白的人。
黑金也會白白花掉，白花花銀幣也會被黑掉。
黑白乃陰中有陽，陽中有陰。（好比你買通我，我也會
努力再買通你。）
黑自樹梢游下來，口吐白沫相濡好人、嗲喋壞人。
黑如果淡一些、輕一些，像偷偷的愛，那是骨灰級的一
抹神往。
黑如果月光一些，甜一些，像羊羹的色澤，適合夏目漱
石冥想。

叫叫

如果你叫床，那我叫什麼？叫什麼名聽起來都想睡。
如果你想較量，比賽誰叫得最亮，鐵公雞輸給慷慨的太

陽。

如果你都可以叫花，那麼惡人都可以教化。

如果你叫，我懶得叫，那麼一個銅板拍不響。

如果你要，我不要，隔江隔山互相鬼叫，霎時江山如此
多嬌。

如果八抬轎，抬一聲慘跌入冰窖，經濟冷冷不笑。

如果鞋音跟諧音一樣好笑，是一堆歹字帶我江湖走跳，
我承認欠管教。

如果你叫國家，一直叫，變成一隻鳥。會叫的只是一隻
鳥，看得遠的才是鷹。

下班等公車

路樹，在等。……早春的路樹總是言談稀疏，一臉飽和。

破鞋，在等。……其實襪子也破了，漏出滿天星。

路燈，在等。……等到彎腰駝背。

站牌下的狗屎，在等。……形狀像陳腔，爛掉。

親愛的陌生人，陪我等。……如果春天來了，公車還會
遠嗎？

星期天

早上想睡。一點點咖啡少一點點想睡。還是想睡。上網
讀新聞（噓……）國家大事在睡。從人生那頭晃到如今
的上午想睡。中午吃太飽想睡。下午去洗溫泉經過陽明
山中山樓它很老了常在睡，模模糊糊想起以前它被有權
有勢的人睡。晚上吃過飯看看電視沒有好事就想睡。沙

發扶著一些年紀想睡。清醒一定很累，才會想睡。

影子暫別

我跟我的影子暫別的那一天，是尋常的一天，狗依舊吠著雲影，貓還是快樂地追著蝶影。只是心中仍擔憂影子從此抱影守空廬啊。

影子會讓我想到有一天我倒下的樣子，沒有面目，一個在地球上活過，最後只剩一幅人形剪影的人，連被懷念都不具體。所以，我決定跟影子暫別。

跟影子暫別的那一天，我不再被影子跟蹤，不再嫉妒影子的頭髮從來都是黑的，彷彿從未老過。

我暫別影子的那一天，其實是陰天。以上所言，全是沒影的話兒。

影子大軍

設若影子從詩裡大舉遷出，古典和現代詩就瘦身了。

李白舉杯邀明月／對影成三人……沒有影子，就不算醉。現代詩人夏宇把你的影子加點鹽／醃起來／風乾……沒有影子，復仇就不甜蜜了。影子在詩裡，曾是大規模的象徵，而字典中，有影的辭，像政府一樣浮濫了。如今，影子大軍全體撤出，轉移陣營，赫然千軍萬馬揚塵蔽日，緊隨其後還有更多在詩中搞壞掉的影子老弱殘兵，包括正向的、負面的、虛的、實的、有意義和無意義的影子。

不僅詩，即便在其他藝術，影子始終占據重要的地位。

人間實在很難再找出另一個象徵——其狀態介於可感與不可感、具體與抽象之間。

影子是人間的灰階，模糊、歧義和深邃。相較於武斷而自以為是的昭然真理，更具說服力。

影子疼

有一次我在中國華北黃土高原的偏鄉學校。傍晚，看見很多學生一下課就捧著課本在操場邊走邊朗誦，大概是學校刻意塑造的苦讀和競爭風氣，讓學生互相影響吧？

影子，在黃土地晃來晃去。如果省略掉人，只看投映在大地的人影配上朗讀聲，大地就是一幕皮影戲了；影子們互相踐踏、撞擊、摩擦、掣肘、壓制，我突然聽見慘叫聲，比孤煙尖細、比大漠滄桑。教育制度的殘忍，跨古今和畛域，如影相隨。

影子後裔

我喜歡站在陽光下，注視自己的影子。

「你只是我的『樣子』而已。」我指著影子說。

「那你多出個『具體』的人形，是人模人樣啦，那又如何？」它反問。

「有了人形，就可以裝填內容，思想，以及靈魂……」我答。

「你不是影子怎知影子沒有這些？」它發出嘿嘿不屑的笑聲。

隨著笑聲漸隱，影子緩緩沉入地面，整整一秒鐘，我享

受著沒有影子的輕鬆時光。

這是個祕密：陷入地面的影子，是我刻意儲存在大地裡的。

在好天氣儲存的影子有溫度，可以撫慰心情。每當陰天或下雨天，儲存的影子就會竄出地表，鑽入我的體內，跟我合體。有時它會不小心帶回種子、礦石、寶特瓶、電腦廢棄零件等等一併進入我的體內，讓我消化不良，剛開始有點不舒服，覺得髒，但慢慢就習慣了。在壞天氣，我的體內感覺到影子帶來的溫暖。

其實影子並不喜歡這樣被迫埋在地底又在某些時候不由自主地進入我的體內，這讓它覺得自己像是「人形」的僕役，所以它對我說話的口氣常常隱含不滿，甚至含沙射影。

某天，影子突然用異常的、略略興奮的口吻說它看見地底下有好多其他的影子。「那些影子看起來不快樂，模樣似陰森的鬼。」

我說，它們只是被人形遺忘的影子罷了，那些影子的主人（我有點不好意思說出「主人」這兩個字）並不知道自己的影子其實不是消失，而是沉入地底，亦不懂得在陰天或下雨天召喚它們回到主人的體內。（這個特異能力是不是只有我才具備呢？）

今天，天氣晴。我躺在草坡，影子像往日一樣緩緩陷入地表，就在它快要完全隱沒時，它的右手突然緊緊抓住我，要把我往下拖進地底。我反抗，全身冒汗（路過的人們以為我是因為日光浴的緣故）。

「你為何要扯我下去？不應該是這樣的。」

「只是想帶你下去看看影子的世界，也許你會成為『影

迷』喔。」

「我並不需要。」

「絕對需要！我要讓你瞭解我們影子的內容，思想，靈魂……以及我們已經成功複製的影子，它們將是完美的下一個世紀的後裔，它們會比你們人形更堅強，樂觀，而且沒有陰暗面！」

「我拒絕！」

「天底下沒有『人』可以拒絕影子！」它說完，哈哈大笑，繼續將我往地底拖。

說一個影

有影沒影？──臺灣話意即：「真的假的？」彷彿影子說的話，老是遭到質疑，譏為杯弓蛇影。

偏偏它說的每一句話都那麼經典。暗黑的本質，往往更能精準地道出人性的陰沉面。只要話一出口，因為實在太經典，就一直被複製，像口號、像廣告、像流行歌詞，口耳相傳──直到朗朗上口，並且深信它的話就如福音似的。

因為可複製，人們開始流傳：「影子」真的能夠如同俗語所云「說一個影，就生一個子！」其特性像極了真理，一個真理誕生另一個真理，透過無窮無盡的理解與再詮釋。

再後來，只要是真理，人們就乾脆以「影子」私下暱稱。

影子是背後靈

影子是背後的意思。——背後的殺手，背後的捉刀者，背後的噩夢，背後耍陰操控的老大哥。

有一天，影子站起來，直挺挺地溶進人體，影子突然就消失了。

人，開始恐慌，心影影的。

沒影子的人，就不算世間真實的人。所以，人需要影子，沒有影子會被認定是鬼。

因為害怕被視作鬼，即便人們都清楚影子的陰謀，卻也心甘情願地讓影子在背後操縱一生。

影子回家

傍晚時，我把影子跟我的腳跟割開，它就這樣站起來，好高，好瘦。

「辛苦你一天了，你可以回家囉。」

「我是不回家的，家會來接我。」

「家會來接你？」

「我的家就是即將來臨的黑夜，瞧！她來了，很美的倩影是吧？她來了就會整個將我抱進懷裡，成為黑夜的一家人。」

影子超人

我從壞人那裡偷來不壞的影子。

所有的影子，本性都是善的……但是偷來作何用途呢？我尋思。

我邊思索邊將影子折疊好，它的品質比天然蠶絲輕柔，
觸感如三月微風。

我決定了。決定將影子裁縫成超人緊身衣，並在胸前繡
一朵小火焰──代表夢想不滅。

穿上它，我就變成夜色。

這樣的保護色，方便我入夜從事劫富濟貧、打擊罪犯的
工作。

工作畢，我將影子脫下，溫柔地蓋在流浪貓、流浪犬、
流浪漢的身上。然後，我正大光明地回家。

影子告白

小心影子。因為，沒有哪一隻影子的存在是沒有道理
的。

影子既然在人的背後，那麼，背後就有不可告人的故事
──只要是故事都是有意義的。

千萬不可以出賣影子，據說影子會一直追蹤你到天涯
海角。

最近我做的一件傻事，就是騙影子說要帶它上街蹓躂，
在轉彎的地方，我利用街角勾住影子，然後我吹著口哨
裝作沒事自個兒走了。

沒有影子的我獨自走在街上，人們都投以驚異、悲憫
的神色看我，「好可憐喔，你的影子走失了？還是⋯⋯
過世了？沒有影子，孤孤單單地生活，你未來打算怎麼
辦呢？」

每個影子，上帝都有植入晶片密碼編號，因為身為人，
太孤單了，上帝配給每一個人擁有一隻影子，以伴生

涯。

我被街上的人們關心得很煩了，只好回去街角找我的影子。發現它很悠閒地坐在街角的消防栓，閒晃雙腳，一副「我看準你會回來」的樣子。我生氣了。

「身為影子的你不是應該主動想辦法追蹤我到天涯海角嗎？」

「上帝沒這個規定。」

「你無情無義啊。」

「你有情有義到讓街角勾住我？卻自個兒走掉，讓我影隻形單！」

「我不是故意的。」

「那是街角的錯囉？我原諒街角。」

「我們回家吧！我受不了滿街的人們都用同情的眼光看我。」

「你瞧我們影子多重要啊，呵呵呵！」

「你們是上帝派來監視人類的。無所不在的影子讓人類不安。」

「所以人類才會想要有信仰啊。你信仰上帝吧。」

「原來是陰謀。你不怕我將這事寫到臉書、微博、Po到推特上？」

「你覺得有人會相信你捕風捉影的話？」

「你！」

「我？我又怎樣了……我們回家吧，我同情你，不不，我同情人類、同情萬物，以影帝之名！」

慈悲

影子站起來扶正他，他故意又哭倒在地。他仰臉偷覷影子，原來影子單薄如一念。僅僅一念卻有那麼大的力量扶他。

天氣了

夏天，嚇著了天，雷鳴我心，雨把政府洗爛，草木綠得像反抗軍。

升國旗

像管風琴一樣高低並排站好的孩子、像山川壯麗一樣展開的孩子仰望天空，一隻世界的孤鳥飛過。

使用好人者付費

我希望明天可以當一天好人。今夜我走進便利超商，拿出我的悠遊卡刷了，預付了「使用好人」的費用，這是悠遊卡新增的功能，不知你的卡有沒有？當我們愈來愈壞，就對卡的新功能有愈來愈多的需求。因為好人經常未受到保護，所以稀有，好人愈稀有，就愈有價值。「在好人匱乏的時代，也只能使用者付費了……」我國政府吶吶地說。

傳染病

他的笑聲變成細菌,他哈哈大笑時,大家趕緊掩住口
鼻。不好笑時,他卻笑得特誇張,細菌尷尬得要命。

老派

「而生活只剩文字了,」他說。他的文字如仕紳,其間
不乏酒啊雪茄啊摯友五四三啊美食啊人生啊這些,這些
行過路上雨窪,踏濺你一臉。他連謙卑都有恰當的姿
態。他有理,你也只能有禮。他傲嬌地說他老派,神情
像老人吃派。他說他完全不適合網路,但他霸占道路。

恐怖分子

風雨一副要說不說的樣子,心情就快要、快要嘩啦啦,
忽然一陣要命的門鈴聲……「請進!親愛的世界。」我
以咬牙切齒的口氣說。我摩拳擦掌,對世界已經忍耐很
久了(翻桌)。

非錢之所願

我荷槍在我的財產上來回踱步,一再踩空,而且不小心
對空扣下扳機,這讓財產冒煙憑空蒸發不少,日日擔驚
受怕,我親愛的錢好少、好疲倦。槍聲魂牽夢縈,夜夜
在腦海空空洞洞地回響。

一
陣
大
雨
敲
打
湖
面
圈
圈
又
又

人物

雨停了，剛剛下班時遇見的那個流氓從人家的屋簷下走出來，顧左右，假裝無所謂地手插口袋，趿著藍白拖，走進一本小說。

街頭

東倒西歪的小草，模樣彷彿領教過警棍，小草們不服氣地抬頭瞪說：「暴雨你以為你是誰啊？！」

某女上班族洽公途中

窄裙邊緣靠近美腿內側的春天的一滴汗，一滴汗偶遇一陣風就臉紅往窄裙外跑──那滴春天的汗像小狗狗神氣地跑跑跑，窄裙也上上下下地往前跑，高跟鞋一路踩碎晚霞。跑跑跑，剛畢業不久的小激情，追搭公車，而且心曠神怡地趕上時代了。

在城市

正午的太陽高高在上，又小又遠，像一枚小小的縮寫字，或正文遠方的一個註。只有樹蔭是大塊文章，只有流浪貓還在堅持校對一座城市的品質。

野草

下過雨，高牆也洗了澡，看腳下野草又長高長密，只覺

得麻麻癢癢，高牆笑了笑，笑渦冒出一把草，法令紋也有草，高牆以玻璃碎片刮淨草，摸摸光下巴，伸伸腰，覺得離上天更近一些。一年又一年，野草榮枯，草的屍身堆積，新草踩在舊草的肩膀，草終於埋沒高牆，草終於站上牆塚的頂端。一代又一代，到如今，又下過雨了，草也洗了澡，像在野的反對勢力一樣有勁，草發現身邊何時長出向日葵、野百合、茉莉花……嗯這樣很好，牆塚之上有花有草，有自由的早晨，有平靜的夕陽，野草要的只是這樣。

向日葵

學學水的態度，妳牽起我的手，我們就植物般瘋長，每天喝空氣，硬頸就開花了。夏天的岩石上，一隻蜥蜴抬頭挺胸，牠正在心臟的位置，獨自安裝一顆太陽。

街友

四海一街，街為朋友。經常他們坐在那裡交換一種或種種理由，有像街一樣長的理由，也有像街上浮塵一樣不需要理由。街是恆久的忍耐，友愛地望向盡頭，盡頭人人都是難以辨視的形體，難以說明的快樂或不快樂。他們並沒有要證明只有他們才能與街融為一體，但不可否認只有他們瞭解行人匆匆的細節，街的言語，世間的大音希聲，以及意外遭輾的夢想，這些都是情報，他們搜集，他們用眼神在每一個人身上逛街，卻又一點也不好奇。

偽烏托邦

很多小圈圈，把我擠到圈外，多年以後，我鍛鍊成一個
地球那樣大的圓，把小圈圈包括進來，這樣似乎和諧統
一，無愧太極之道了，但是，一陣大雨敲打湖面圈圈叉
叉地提醒：小圈圈並沒有在大圓之中消失，只是被關在
大圓之內、星空之下。

逛街

獅子大開口的暑氣，百貨公司的櫻桃小嘴吹出冷氣。人
聲沸騰如電梯節節攀升胸臆。你經過櫥窗，服飾華麗地
將你裁成一疋人形的布，柔軟，而且疲倦。

願景

我在心境懸掛國旗，因為今天是和平紀念日，戰爭排排
坐，砲火屏息凝聽一隻乳鴿演講，繼而宣誓國家經濟目
標，首要是儲備上好的飼料，其次是營建平價鴿籠。

行銷

往藍海上空，逆風閱讀寥寥的人形雁陣，始知天意。即
便將天意出版，亦不見得暢銷。忽聞風聲鶴唳，那一舉
杖的背影彷彿摩西分開紅海，穿行紅海時，後有追兵，
前無讀者。

昔日也好

找鎬，來整地，編排四季，一枚一枚幼芽印刷在春泥，
融融的雪發行，春風只在螢幕滑過又滑過（春風和少年
兒一樣不太讀文學了）。他們談出版，談著談著就一頁
一頁凋黃萎落。

書入倉儲

這地方比書海中載沉載浮的一個錯字更漂泊更無助。都
老了嗎？你們書，只能這麼待著，不是愉悅的養老，沒
有兒孫，像斷版，不知未來，無有永恆。「你們都還
好嗎？」明明看見你們受傷、你們泛黃，明明你們有的
髒、有的瘦可見骨，還口是心非地問候什麼呀！「時間
真快，不是嗎？」像文學的消逝一樣快。你們曾經被愛
或不愛、你們有的剛出門就憂傷地半途踅回。這地方是
離市中心有點遠的桃園大溪，想起某軍閥的四方形靈
寢，也想起書在四方形的棧板像死一般靜。讀書聲埋葬
在這郊外的蟬嘶，要從這麼多鉛字或電腦打字之中撿出
幾枚拼出墓誌銘恐怕不太容易，如果是彩書，是否可以
直接將圖片豎成數十萬個碑？將來銷毀火葬，有些事必
須先務實地想好。你們……是書就有靈魂。我輕輕撫拍
你們，有灰塵，當然也有溫度，你們前後、上下、左右
以單薄的書頁相互取暖，在無言的字與字之間依偎，探
索，回憶，但是夢還在不在呢？夜深時整座倉儲暗下
來，是否有銀蠹魚奔走在字裡行間？是否有鼠輩、蟑
螂、蚊蚋、螻蟻在交換閱讀心得？當我要離開，如果我
吹笛，你們書會不會一本一本跟我走呢？但是要往哪裡

才好？往知識還是往資訊網路的世界、往宇宙的奧祕？
或者回到最初的年輪？那些被遺忘的名字在倉儲門口幽
靈般徘徊，仍然決定不跟我走，許多名字在這簡陋的倉
房成就歷史定位，為何？為何不是在殿堂。

企業
在人生找出通性，於通性再掘出人性，商業大抵是這樣
操弄的吧，但我總是忙於獵殺，錯過充滿人性的職缺。

Radio
工作場所活靈活現的十指操作鍵盤，忽然一隻黑蜘蛛在
天花板角落如同舒伯特蒼白的十指彈琴。

高雄札
陽光梳理天空，汗卻弄亂夏日。今天白雲來採訪，山和
海什麼都說了，連黑暗也一併吐露。有夢的個性，坦蕩
蕩。寂寞是很少的，都用嗓門趕走了。草莽行走筆直的
大道，阿勃勒在風中抗議之後，就黃金般回歸鄉土的初
礦。民主在這兒住那麼久，都生根了，我的生辰也有芽
了。愛河有時很累，水面飄浮歷史，而水底再複雜總有
單純的魚。重工業在這兒也住那麼久，製造那麼多淚。
災難，我一個人的災難是想念；而飄泊，高大雄壯。

高雄

街上無人，陷落的二聖用爆炸去喊。我曾賃居在二聖與凱旋之間的英明路，那時白天走在環保路線，採訪改善不了的新聞，入夜撿一地星星，磨刀，淚流滿面。

輓歌

八月陽光，像強悍的兵。一顆心，滾落草莽無法挽回了。偶陣雨，是寧馨。雨停，輕喚汝名。阿勃勒樹下黃金雨，十字背影，慢行。

複習鄭愁予〈錯誤〉和〈情婦〉

三月。江南旁邊小島嶼。一座小小寂寞的城。

——「你幹嘛不來接我？」忽響起爭執。

一條青石向晚的街，道：「呃，我以為，妳是想一個人走走，像柳絮或像過客一樣……」

——「屁啦，你幹嘛不來接我！（大吼）」

一條青石向晚的街，暗然道：「是一直陪著妳啊，青石的街不就在妳腳下被妳一路踐踏著哪。」

「很痛嗎，幹嘛唉都不唉一聲？悶得像小小的窗扉緊掩。」

「呵（苦笑），痛一下就過了，就當作是一場美麗的錯誤。」青石街回道。

「對了，怎沒聽見躂躂的馬蹄？」

一條青石向晚的街，道：「馬最近跟豬不愉快，生悶氣了，因為馬不想作歸人。瞧馬的容顏如蓮花般開落……」

「或許⋯⋯豬是善等待的，像金線菊一樣。」

「我想，寂寥與等待，對豬是好的。」

「但不能什麼都不留給馬，譬如留給牠一個高高的窗口，透一點長空的寂寥進來。要馬感覺，那是季節，或候鳥的來臨。」

小綠人

我幫小綠人穿上斑馬線，好像獄中人嘞，他臉色更綠了。我幫小綠人綁上抗議頭巾，幫他高舉拳頭，他一邊舉拳頭一邊加快腳步催促行人通過馬路，去和虎口對幹。我幫小綠人穿上百姓，他就有了種種反對者的名字。

貴賓致辭

我坐在臺下。臺上一直漬辭、漬出一灘辭，辭性洶湧，漫過道德高標，漲至官階，終於淹上我的頸脖，像仇恨一樣含沙夾泥，讓我無法呼吸。我掙扎往門外游走，辭青狂地追上來，就在我快溺斃，忽然有人握我的手，順勢提拔我，熱情地將我搖出水聲，並且直呼我為貴賓。

靜電

水靈靈的精神都成先烈了，今年我國異常乾燥，不小心有點摩擦，在愛國的時候，互相電了一下，提醒民主。

工作

動物離開時，不忘給馬戲團經理一封祝福的信。謝謝他「改變我們體驗世界的方式，也扭轉我們輪迴為人的謬思。」

昆蟲記

布幕正在投影一部昆蟲紀錄片。

昆蟲學家邊解說、邊鑽入他的老相機裡，接著，驚人地變成一隻紅色瓢蟲從鏡頭飛出。遲到的官員正好推門進來，被這一幕嚇到。

還好記者會的主持人有把持住，氣定神閒地介紹官員出場。

官員致詞時還沒搞懂這是什麼狀況——為什麼替這隻瓢蟲辦記者會？官員清了清喉嚨，深呼吸，說：「很高興，今天有這榮幸來參加——呃，瓢蟲的記者會，我們知道一隻瓢蟲之所以偉大，咳……就在於牠跟人類不同，牠土生土長在這美麗的寶島，愛鄉愛土，愛臺灣……」

掌聲四起，官員吁了一口氣，回座，對自己的臨場應變甚為滿意。

場面有點冷。

突然！昆蟲學家啪地一聲變回原來的人形。他笑說：「即興演出，大家別見笑！」接著道：「我曾進入昆蟲世界，牠們教會了我隱形和變形。」掌聲再度響起。

記者會結束，昆蟲學家幫官員開門。

卻見官員咻地飛出去——啊，一隻「臺灣脣瓢蟲」！牠

翅鞘中央各有一枚紅色斑點，好像臉紅喔。

獨家消息
採訪途中，記者神奇地發現白頭翁在交通號誌燈的鋼管洞裡築巢，甚至有的是在破損的號誌燈內蓋起鳥窩，彷彿自家的窗口被裝上廣告霓虹似地閃爍，馬路正喧囂。
記者採訪鳥。
記者：「請問，您這房子住起來如何？」
鳥：「可以住。」
記者：「我是問您的感想？」
鳥：「綠燈時想一些，紅燈時什麼也不想，黃燈時發呆。」
記者：「溫度不會太高？夜裡睡得著嗎？」
鳥：「對生存你有更好的辦法？」
記者：「您可以換個安靜的鳥巢。」
鳥：「你也可以換個正經的工作。」
記者：「我想拍鳥唧泥滑進鋼管洞的高難度動作，您可以表演嗎？」
鳥：「不表演，我只生活。」
記者：「那我偷拍喔！」
鳥：「請便。誰會關心鳥新聞？」
記者：「也對，現在連人的新聞都很難上版面了。」

一家賣願景的公司
走進巷弄，那是一家你搞不懂在做什麼的公司，地下層

會議室裡年輕小伙子模樣似很專業，老闆也很年輕，但他們刻意將辦公室弄得半老，燈昏，專業隔間，假裝鎮定的氛圍⋯⋯漫長的會議過程，疲倦會讓人失去防備，得意忘形也會露出馬腳。在幽暗的燈光下，他們的肌膚有時閃了一下鱗片，說到激動處為了掩飾情緒他們下意識撥頭髮，露出綠色小犄角，像初冒的嫩筍，但一閃又不見了，在衣服的袖口和胸口時不時也會閃現咒語的刺青浮凸。會議結束，我去洗手間，回來，會議室空蕩蕩，他們都回到上層（一樓）工作，好像很忙碌。我獨自推開玻璃門，步出，走到這條我熟悉的巷弄，日正當中，陽光很凶、卻很真實。我回頭望一眼那家公司，在周圍的建物當中，它像一張咧嘴的大黑洞，洞口還有一隻陰森森、半透明的巨犬瞅著我，流露一種算命的眼神。

Skype會議中

你衣著簡體，口氣卻像你們的市場一樣華麗。

你姿態大陸型，氣候呢？——「現在還冷著呢，這啥個四月，」你說：「只好貓著。」

你經常在PPT簡報的結尾引用你前前前領導說的：「一萬年太久，只爭朝夕。」我隔岸為你感動。卻老忘了你的簡報內容。

我說：「再也不能用MSN繼續為你感動。」

你說：「行的！就QQ吧。」

Skype偶爾秀逗仍繼續傳來你的捲舌音，甜得像我最愛的寶島水果。

此刻外頭下雨，溼熱，我掀衣露出繁體，煩著經濟。

2013歲末感言

無法免俗地，要感謝！總有貴人撿起我的不幸，擦拭我
的不幸直到一閃一閃亮晶晶，亮晶晶看起來不一定好
命，終究也是一條人命。

感謝現實，讓一切抱死死的夢有機會掙脫。每個夜晚，
夢都會好心地叼回一根老骨頭，像一隻忠誠的狗。

感謝奸商，讓我體會這世界不是只有我一個人受傷，要
恨簡單，恨了以後最難熬的是心寒。

感謝統治者，讓我發現愚笨也有層次，鞋子們憤憤地踏
遍勞苦的人生長路，終點是那人的頭部。

感謝這麼體貼的政府讓我理解：積善之人民，未必有餘
慶。

感謝國會，讓我清楚真正的敵人在哪個方位，讓我知道
人間最惡的並不是無法無天，是賤。

最後感謝，感謝齒牙動搖，讓我可以很自然地洩漏髒
話，讓我吃軟不吃硬，讓我懂得如何小心咀嚼，咀嚼淡
淡的歲月。

傘不散

傘下，地球轉呀，憑自由意志轉呀轉呀，白天就光明，
黑夜就靜，就這樣，這樣一天，夜以繼日，有自由意志
就不累不苦。

從前，我年紀輕輕行走香港街頭，不疾不徐，青春總這
樣，沒想過回家或不回家，回歸或不回歸的問題。許多
年以後，我已有些年紀，喜歡在地球走幾步路就是旅行
的感覺，我可以決定走或不走或倒著走，這是民主。

現在是秋天，雨紛紛的，愈來愈多傘，形形色色的傘聚
在一起也議論紛紛的。在離香港很近、離命運更近的地
方，自由意志的我撐一把傘散步在地球，傘因抵抗雨滴
而悲鳴，地球因抵抗踐踏而發出聲音。

忽然自由意志的流星紛紛如公投，投向地球。傘是本
性，公投是正常的性。

抗議

雲朵垂下雨絲，將生猛的傘花釣上來，傘花在天空豔舞
著，瞬間骨折如雷聲，閃電接走顏色，剩下一片黑。

馬拉拉

天光滋至窗檽，塵埃像游兵一樣四散。她在醫院醒來，
而世界還病著。病床旁沒有花束，花應該在土壤自由生
長。當她瀕危，她一度恍惚夢見憂鬱的神，天堂放下繩
索要她上來、上來，她沒有攀上繩索，只在斷索處打個
黃絲帶。她還有很多事呢，她以語字反抗，以血羞辱子
彈；她讓世界受教，世界還太弱太小有權繼續求學，學
會朗讀敬重萬物的經句。她一個人愛，愛她半知半解的
世界，世界有了愛的潤養就會慢慢長大成仁。

童話

從前從前有一片天空，天空下有一座島嶼，島嶼上有一
棵孤孤單單的原生樹，樹上沒有巢但有一隻鳥仔哮啾

啾，樹下有一幢小木屋，小木屋裡面冷冷清清只有一張桌子和一把椅子，椅子上坐著一個國家，國家呆望窗外一片天空，想起從前從前……

小三聲色

我抓頭髮抓下黑色，黑色好大聲。我抓皮膚抓下黃色，黃色總是落葉般嗯哼。我抓單思，如同抓剛剛說的髮膚。我抓你卻抓下銀色，原來是你是雪狐。我正在等你來抓我，你卻抓下絕色，絕色嚶嚶，如泣訴。

十月十日食用油事件

百姓叫喊國旗，它答油～～（很沒力）。請用力答：有！四聲又，再喊一次。

今日首都有雨，所有的旗幟都怕雨，國旗更怕，怕軟下來。

傘抵抗雨，發出很大聲的抗議，落葉則抵抗秋風的涼意。明明是慶典，食不下嘸。東北季風呼喊國旗，它恍惚答：油～～

請勇敢答有！四聲又，再答一次。國旗紅著臉，顯然它心中亦煩憂。

錯過櫻花的早晨

臥室一臉霧，床頭幾本溫厚的書正呆想，想那時九二一災難之後河畔新植的櫻花。這麼呆想著，許多年搖晃而

過了。櫻花前來敲窗，說：「你睡眠總是太長。」但身前身後更長，不是嗎？我決定從今而後縮短睡眠，像櫻花綻放那麼短、美那麼長。

勞工

今天早上，一具上了年紀的理想如此空泛地起床，渾身不舒服；原來理想躺在勞務上整晚夢見薪資而無所得。

資本主義與文學

上個世紀，作家不必多慮就可以計算出故事中的角色一日或一年需要多少金錢才可維持什麼樣的生活，也可計算出角色所得優渥與否，藉以說明社會地位或背景；現在的作家愈來愈難以描寫這些金錢細節：貧愈貧以及富愈富，五十元的快樂和一億元的不快樂，簡樸和奢侈，公平和不公平，有網路和沒網路的時間壓力感受，都更難以描寫和定義，換言之，即使寫出來也不再有普遍性的感同身受，因為貧富不均變複雜了。那麼，未來的讀者將愈來愈難以透過文學瞭解我們現今絕望的生活。

失物招領

走進失物招領處，給證件，填單據，那公務員仔細問我失物的特徵。

失物之一，一把雨傘。「長得像我的一把雨傘，」我描述：「撐開來，傘緣會掉淚，傘骨很瘦，向來都是我一

個人獨撐，已經半輩子了。」

失物之二，有翅膀的一雙鞋。我描述：「走長長的人生，後來我再也不想走了；有一天晚上那雙鞋莫名長出翅膀，黑亮的羽色，總在無月的夜載我飛翔於城市；你說你沒看到翅膀嗎？那是因為你還不夠寂寞。」

失物之三，一首流浪者之歌。你問我怎麼唱？我沉默，你再三催促我哼兩句，我還是沉默，時間一分一秒過去，你顯得不耐煩了，我幽幽地說：「無聲的，這首歌是無聲的，你聽不見，是因為你的心流浪去了。」

後來，那公務員請警察將我領走。

卷九　你看報紙的時候像一棟房子

論長舌

從不會有噴嚏承認自己忍不住（忍不住吸入世態炎涼又
啾出成群血蝙蝠）。

從不會有閒言閒語承認自己太閒（閒到管海邊太闊、管
燕鷗鳥事太多）。

從不會有暗器承認自己故意（故意錯殺對的人）。

意義

開春，我將「意義」兩個字扶正於神龕，撢撢塵埃，擺
好鮮花素果，點一炷香，對它默禱，它對我說：「這樣
做沒意義啦。」它笑得像彌勒佛，大肚腩樂不可支地抖
抖抖，反覆嚷嚷：「沒意義、沒意義啦。」我氣得不甩
它，轉身去工作、去旅行、去愛去恨、吃遍苦頭、嘗盡
甜頭……「這樣就對了，」意義入夢對我說：「就像丟
一根骨頭，狗盡力追就對了。」

人在江湖

照例：書書書書書書書書書一本一本列隊從書房走出，
我閃電般插隊進去。畫面變成──書書書書書（人）書
書書書……被書挾持的人往身不由己的文明走去。

聊書幾句

如果書架上找不到一本不正經的書，這感覺一定很壞，
像是被寂寞揍到半死。

書告別書架跑去你家山坡植樹。有些書充滿環保意識，有些意識像樹上棲息眾多累了的白鷺鷥。

蜜蜂密封的天書，猛然翻開我一臉芍藥丁香紫羅蘭。

眼睛坐在思考旁邊垂釣某一冊閒書，一時心中沒有對錯，而且平靜。

錯愛
我打開書，小聲問它如何成為一本書。它跟我說它只是一本空白筆記，只不過恰巧棲息一大群烏鴉。它說：「很抱歉，讓你誤會那是知識。」

不同
害怕與恐懼不同。害怕是知道對象，恐懼是不知道對象。害怕似浪，恐懼如深海。寫不出來是害怕，過不下去是恐懼。面對自己是害怕，面對不像自己是恐懼。

恰到好處
每一道陽光恰到好處地露出微笑，每一片雲恰到好處地出現在應該出現的位置，每一朵落花恰到好處地簪在大地，每一條河流恰到好處地接住倒映的風景……
每一個人恰到好處地出現在他應該出現的地球一角，面對永不可能恰到好處的命運。

對談

哎，說到未來，總有一盞燈不點頭也不搖頭。

哈，說到過去，總有一片檸檬讓酒杯心酸。

差別

格言是口號的近親，近到只不過繞著山路比一圈再多一圈。

戀人絮語是禪語的姊妹，只不過姊姊比妹妹漂亮一點點。

文筆

貧窮的筆發表富裕的高見：「一枝筆當劍！」——而我賤賤地倚著劍，聞它鏽身之酸，口氣之腐。

靜靜下午茶

讀一首詩讀得像上山砍柴，讀一篇小說讀得像砍完柴以後迷於大霧，讀一篇散文聽見攀過一座繡花枕的歡呼聲。讀我自己有眼無珠。

修辭

鍥而不捨地，我精心裝扮一個警句，給世界受用。世界笑道：先把你和你這一句髒話刪掉再說吧。

提醒禮貌

某秋日，成熟的水果忍不住露出利齒，咬爛一張迎面而來的不成熟的嘴，果然，青春很脆。

詭計

吻別時，你以舌將言語柔柔頂入我口，我以為那是愛；當脣與脣分離，我嘗到冷言冷語、我吞進脣槍舌劍。

練功

有字裸奔，入深山，出武林，暗器都追不上。字站在深淵的邊緣，張開筆畫深呼吸，吸進含氧量最高的想像力，快樂與哀愁、真實與虛幻驚險地平衡。字以沉默寡言，琢磨心中的山風海雨，臨淵練就一招半式。

關鍵字

愈來愈不好意思寫「人生」這個字彙，寫的時候它臉紅，我慘白。以下還有一些字彙，例如「生命」，寫的時候據說它尖叫了，我竟然聽不見。有一個字彙「死亡」，寫的時候它還沒死，是我寫得讓它想死。有一個字「愛」寫太多，它很累，我跟我的愛人一樣懶得理解。最後一個字「夢」，寫的時候它沒感覺，我卻屢屢自嗨高潮不止。

退一步海闊天空，忍一時風平浪靜

退無可退，再退一步就踩到海擴及天空，痛！只好海闊天空地忍忍忍，一時，也只能一時風平浪靜而已。

典範

談話中他引用了三〇年代的新詩，以證明他不古不舊。他修辭，一副春天的樣子。他講外語的音色像珍珠，證明了他的品質。他占領的位置正好讓他發聲嘹亮，他的身段恰恰讓他看起來漂亮。他一直是被求的一方，不需求人。是的，他的位置高不勝寒，比高更高是姿態，但不至於不可攀，只要你懂得討饒或討好。他隨時強調他正在思考，其實他是被搖醒的那一刻才開始思考。他不可或缺，像一塊碑。

不一定

我去，不一定回來。「不一定」恰是離開最美的理由。最終，我還是回來了。彼此誰也不想點破離開又回來的原因，否則，愛情還有什麼好玩的呢？

我

書籍靜靜斜躺走廊，思想自風中吹來，衣衫飄動，心不動；斗室陰翳，小窗吐露微光，上半輩子坐在下午，發呆。

差異

人可庸俗，不可平庸。庸俗是自找的，平庸是自己不知道。

犁田時，牛的說法

趁陽光出來，與土地大吵也好、狂歡也罷，總之必須讓黑暗瞭解一切翻面的可能。

藝術家的一生

一隻五色鳥飛進他的畫。

那是幅空無一物的畫，畫家的簽名在右下角，筆跡糾結。鳥無處可棲，就棲在他的簽名上頭。他不清不楚的簽名，小小的、害羞的，像荒塚草率地以一小顆石子當作墓石，大家只注意到棲止其上的那一隻鳥。

鳥撲拍有元氣。

多年的努力是有回報的，畫家的簽名被觀賞者的讚美聲聲灌溉著，簽名正在長大（終於揭曉，那簽名不是一顆墓石而是植物的種子），而且長成一棵樹。

同一時間，鳥正在變老。

大家仍然全神貫注地看著那一隻鳥。

老了的那一隻鳥開始脫落羽毛，大家以為那是落葉（冬天要過了啊）。

那一隻鳥死在已經長成大樹的簽名下。

他的簽名變得枝葉繁茂，伸展在空無一物的畫。

大家依舊目不轉睛地看著那一隻摔落到簽名下方死去的

鳥，以為是果實（春天夏天連秋天也都要過了啊）。

大家離開畫展，非常卡夫卡、非常馬奎斯地變成鳥，飛往空無一物的天空。

而畫家蓊蓊鬱鬱的簽名被框在畫內，擠得滿滿的綠，遠看是一張兒童勞作的色紙罷了。

「不」很重要

妳說妳戒掉網路了，「今後，我只接受手寫的情書。」妳神情認真地說。我去選了幾種信箋，重新記住平信、限時專送要貼幾塊錢的郵票。找個遠一點的郵筒寄出，投入，總是神經質地回頭確定是否準確投入才走開。走幾步又焦急地轉身趴在郵筒的黑洞看看有沒有任何一個字在信件離手時不小心摔落到信紙外。心想：如果那句「不可能不會愛上妳」脫落的是其中一個「不」，該怎麼辦？

薛西弗斯

他愣愣地坐在那兒，漸漸陷入、陷入一張沙發椅，直到消失。

「這是哪裡？」周遭彈簧矗立，像原始叢林，天空鬱黑，散發皮革氣味。

天空欺壓下來，彈簧們東倒西歪，擠迫得他快喘不過氣了。（要命！是誰回家坐在沙發？）

「我得出去！」此時巨大的彈簧面紅耳赤地發出金屬咬牙切齒的恐怖聲。

突然！沙發上的人站起、彈簧放鬆順勢將他彈出——他穿透皮革、穿透客廳天花板、穿透城市星空……到達天外疲乏的頂點，他反身直直下墜、與空氣摩擦出一身烈焰、加速墜向沙發上他原來的位置。

他完好如初地坐在那兒……發愣且漸漸地陷入、陷入一張沙發椅，直到消失。

如此，周而復始。

紙質

趁還沒有文章之前，我用顯微攝影放大一張紙，順著紙質的紋路，我從容地走進去，原以為那裡有春天的品質、有草木正直的德性，可是愈往紙質深處走去，發現紙質像無垠的荒原、沙漠、雪地……我如此渺小，走著走著，趁文章尚未蒞至，我獨行就是我寫字，我呼吸就是我讀書。

適用

關於繪畫，夏卡爾說：「要先強調強烈但不必明確的重點，然後才布設更深一層的東西。」梵谷則說：「我想使我的素描更有自然即興的意味。我正試圖誇大主體，並故意把明顯之處畫得模糊。」我覺得他們說的是寫詩，或者，度人生。

文學

文學有的出遠門，有的尚未返家，一站經過一站，月臺附近的小聚落也零星了。住在文學，沒有門牌號碼，沒有個性化的設施，其實不太舒適，但也就這麼住，住久了感覺有人氣也有才氣……

編輯

要不，就編一本只有封底的書，所有的重點都在那兒了，包括價錢。要不就編一本只有封面的書，作者長年枯坐在折扣貼紙下方，搖一搖作者都是落葉，就知道故事已經講到冬天了。

極致

豪氣干雲或氣吞山河那種壞，可愛的味道就出來了。

體會

「我知道了」，是指我知道了不知道的力量。「我不覺得奇怪」，這句話最奇怪。

簡單的道理

人只要一輩子做好一件事。（但要先從千百件中找出一件，還得做好，而且好到不是你自己覺得好就好。）

老話

趁未老化，將老話捏捏捶捶弄弄，就會漬出詩意，如果漬不出，就用切的、剁的，再看不出詩意，老話笑你老花。

傷風

創作有癖，有人需要夜來香，有人需要在抽屜內放一顆爛蘋果，有人需要木質飯桶透出氤氳米香，有人需要黑咖啡……我常鼻子不通。流下鼻涕，黃色黏稠的靈感。繆思在喉嚨與淚腺之間跑來跑去，假裝年輕活力，忍住哮喘，忍住咳嗽裡的痰。

中庸問題

水的心腸太軟，所以最容易出問題。火的心腸太硬，所以經常一次就把問題出完。水和火各有難容的天性，就因為哪個天才提出軟硬適中，世界才會水火不容。

萬一

出版了與世界無關的書，庫存這世界，一把鼻涕閱讀一把淚，哎，我說理想。

比較笑

淺笑，比笑深刻。取笑，比笑不足取。無奈一笑，比笑

繁複。會心一笑，比笑耐嚼。竊笑，比笑挑釁。爆笑，比笑遼闊。陪笑，比笑忙。皮笑，比笑累。賣笑，比笑不值。眼笑，比笑性感。媚笑，比笑有天賦。非笑，也叫做譏笑。傻笑，比笑純淨。調笑，比笑不快樂。冷笑，比笑有想法。搞笑，比笑不好搞。可笑，比笑可悲。玩笑，比笑難玩。含笑，比笑平靜。歡笑，比笑自在。不笑，比笑好笑。

言外

這場古代的雨，不計愛恨地穿越到現代，感恩回饋似的；城市默默收下滴答滴答，時間正往下水道流走而已。

滿足

在書店辦新書發表會那天，書就開始老了，許多書來告別，也有些書冷眼旁觀，氣氛憂戚。只有作者不顧一切讀者地獲至創作的喜悅。

如果

如果耳根輕，就跟愛你的人不親。如果眼中有針，圓滿不敢靠近。鑽牛角尖，不如抬頭看看牛角尖指向的天。如果放輕鬆，就發現恨原來不重。如果可以放過，就好過。

魂兮

許久不見的那人，正在忍耐許久不見的我，我誤以為那
是想念。

無誤

說「無所謂」之前，要對「所謂無」有體會。

遠見

讚美那鷹看得遠，遠到有遠見。遠見往往為了近利。

說衣

湖衣荷，楊柳衣風。草原衣蒼茫，老天衣蒼生。觀音白
衣，有夢蝶衣。人胖衣就肥，人瘦衣露骨。善人衣冠，
惡人衣禽獸。

原型

風情，風亦有情，誰先想到的？真好。風情，是創意；
風情「萬種」，則是狗尾續貂。

鬧與靜的形式

吵鬧聲是縱向重疊的，一層壓擠一層，黑汁白汗相互滲

透。靜是橫向擴散開的，起伏如遠山高低，彼此保持禮
貌的距離。

青春無敵

難怪妳眸子不是薄荷，就是薰衣草色，而身材是祕境，
每個姿勢都是旅行。妳剛從平行世界回來，閱歷無數動
漫，曾角色扮演，擄獲戰利品，也曾很有氣度地放過某
座死守的文學。

青草的脾氣

清明節，墓前的青草是不跪的，「你敢刈掉我，我就用躺
的」，這是原則問題。追遠慎終，既是追，當屬有腿者之
事，青草的根紮得極為堅持，這是責任分工的問題。

疑問句

疑問句比孤獨還要豔紅欲滴。疑問句油亮得像足球員強
壯的額際。疑問句最終讓答案倒抽一口幽藍冷氣。

龍的傳說

一名護士端來一條我的命。我跟她說，怎麼看都像一條
龍，她說：「只是一條命，普通的、貧賤的命而已。」
我又跟她強調，真的是一條龍。她淡定地回道：「總
之，不動了⋯⋯可惜了這麼可愛的一條⋯⋯」我突然激

動，大喊明明真的就是一條龍，活的！她嘆口氣：「隨你怎麼說啦，反正它不動了，咦，還是它懶得動？」她邊說邊叫我張開嘴出聲阿阿阿～～她餵我一口一口的小命，好苦，也打了一針鎮定劑，「奇怪，為什麼我沒有痛的感覺？」護士噴笑道：「放心啦，中年以後都是這樣的。」

死前的事

（一）死前已不能做事。（二）死前還能做事。（三）死前還有想做的事。（四）死前已無事可做。以上各有不同層次，至於死前不知道死是一件事，則是再高一點的層次。

布拉格

卡夫卡自保險公司下班已是深夜，他伏案寫作，窗外烏鴉叫著「卡夫卡、卡夫卡……」他分神了，站到窗前做十分鐘運動，烏鴉看著他，突然不叫了。卡夫卡走回書桌，變成一隻明顯孤獨的蟲趴在紙頁上，蟲足在寫作，但毫無進度。「卡夫卡、卡夫卡……」烏鴉又譁然叫了，接著一陣拍翅大騷動，黑壓壓一大片（挾持一隻孤獨的蟲）飛向遠處暗中的城堡。

定理

世俗皆受時間控制，唯藝術永遠比鐘面的進度快一步。

讀空氣

一朵花展閱了白霧,一個人開卷了大地,一個大夢翻得
你書頁般輾轉難眠……這應該不用明講就知道意思了
吧。

自溺

據說有一枝筆會流淚。紙知道了這件事,立刻警告所有
的字,要大家小心,不要被淚弄糊了字音字形字義。字
說:「我們怎會知道是哪一枝筆呢?又不認識……咕
嚕……咕嚕咕嚕……」紙說:「看吧,這不就淹上嘴
邊來了咩?這淚來勢洶洶的。」筆很冤枉地辯道:「不
是我,真不是我流淚,是那個作家啦,他每次都卯起來
感動自己,淚滿腮,而讀者卻無動於衷,真是災害,
唉。」

導演

我一直都在鏡頭後面,凡我所拍攝的,皆成真實,而我
自己是否真實呢?我望著夜空,好多月亮啊,有時我真
忘了我有複眼。在鏡頭後面久了,我長出翅膀,拍動
就會發出劇情配樂,我聲帶也會發出奇特而無意義的聲
音:卡卡、卡、卡卡卡……我多手多足,無體毛。我有
堅硬如鋼盔的額頭。我有貝多芬一樣的髮型。我已不再
依賴思考,因為我完全相信感覺,藝術就是感覺。我在
鏡頭後面,漸漸沒人發現我,但我卻能指揮演員、指揮
一切喜怒哀樂、一切影音特效、一切剪接和節奏,我讓

虛擬變成真實，也就是說，我讓一切故事發生了。相較
於我的電影之真實，我愈來愈不真實。直到某天，一新
進演員發現導演不見了，演員們停下所有動作，果然聽
不到鏡頭背後慣常發出的「卡、卡卡」聲。是的，我振
翅飛走了，留下一堆攝影器材、多部精彩的電影。

照顏色
一陣風一思考，一本書就枯黃了，就這樣沒什麼內容地
枯黃了，只有晚鐘的朗誦是綠色的、鮮嫩欲滴的。

樹留下什麼
幹留下風骨，葉留下風氣，果留下風土，人情匆匆行過
樹下只留下風。

你看報紙的時候像一棟房子
查資料時，讀到《法國1968──終結的開始》那本書，
有一句寫道：「報紙仍站在工作崗位上：努力說謊。」
我卻聯想，有一次我深陷沙發仰著頭看報紙，女兒那時
還小，她坐在客廳地板突然抬頭說：「爸比，你看報紙
的時候像一棟房子。」這兩者好像沒啥關聯，其後想
想，用謊言蓋的房子令人不安，女兒一定覺得那時的我
疏離而且搖搖欲倒。

取材

敬意是從你喜歡的人和作品中找到創意。敬意是蹦矩的意思。後浪不是憑空形成，必須借力於同一座大海才能超越前浪，棄大海，不成其浪。

花語

野薑花望著我，一語不發。

我問野薑花：「在想什麼？」它幽然道：「想你身上的氣味。」

「我是人，人味不好聞。」

「可我聞到花香哩！」

「不會吧……人不會有花香。」

「思考就有，真的，一思考就有香。花都是這樣的，我們思考。」

換我一語不發了。

我望著野薑花。滿腦子枯萎。

詞義

「溫習」已成禪語；「創新」已是俗話；「愛」已成煉鋼業的專有名詞；「寂寞」已是物理；「悲歡離合」則為化學；「人性」已是QR code（請參讀維基百科對QR code的解釋）……詞正在改變體質，有的更健康，有的生病。

網誌

之乎者也、子曰、詩云的日子，是比較環保的日子。

說書

閱讀他人內心更少了，讀不懂自己更多了。資訊愈來愈龐然大物了，身而為人的那一聲對不起愈來愈小聲了。死讀書的那種可愛更少了，有幸活下去的那種書更老了。一心想讓自己成為更少的人，字卻更多了。

讀湯瑪斯・品瓊跳痛

「叫我，就像在叫空氣。」母親曾經這樣說。因為我只是一個符號。

我是一個符號，年少時植物體質，香氣矮小，志氣卻高；中年以後動物體質，長出表情，擠眉弄眼，搞得哭聲瘦、笑聲胖，我認真想過要當小丑，但符號不能當小丑，因為別人看不懂。

即使只是一個微不足道的符號，對母親來說百分之百亮眼；但對別人來說，我是沒存在感的。

我沉思一刻，不必有下一刻。母親說，「他的個性就是這樣空氣。」

活著，在人間被轉寄，再轉寄，人們總是互相這樣問：「這是什麼鬼符號！什麼意思？胎生或卵生？」希望他們的質疑不要被母親聽到，她會生氣。

我是以祕密的反骨聚合而成，來自一個宇宙帝國，被寄錯，而轉寄到地球。

母親好心接收我，用一個拗口的星座符號代表我。

像我這樣一個祕密符號，在人間被轉寄又轉寄，直到……

「直到有一天你消逝了，才能回到星空。」母親說，「而那時我會先你一步去星空等你，我會是大熊星座，命名你為小熊星座。」

為難自己

作家坐在椅子上，太久太久了，椅子腰酸背痛，好累啊，忽然椅子霍地站起來走出戶外，將自己重新擺放在一棵老樹下，舒服地讀落葉、讀毛毛蟲、讀天空，將才華比不上一把椅子的作家拋諸腦後。

討論悲傷

今天我們討論悲傷，在雨絲和雨絲之間，聲音都溼透了。我們總得找一個乾燥點的地方吧，在殼中、在繭裡、在蛛網的隔壁、在三炷香的灰底下……找找吧，一定有適於言語情感的地方，喝咖啡，吃甜點，坐軟沙發，我們總得找一個舒服的地方討論悲傷。走走找找，影子愈拖愈長，人愈走愈單薄，我們坐在公園椅子累得說不上話，「要不……我們今天就不討論了吧。」公園裡蟲聲唧唧，暗香浮動。我從包包裡拿出一顆蘋果，你從包包裡拿出一把水果刀，在雨絲和雨絲之間，你認真精確地削著蘋果，果肉與果皮分離，一圈一圈的血紅色果皮沒有段落，像悲傷。

多麗絲・萊辛

今日，藍天告白。妳的耳環，是靠近思考的金色筆記。
妳的髮是社會運動。妳夾在厚厚小說內的一片聲音，是
筆挺的黃葉。妳老了，我也曾讀妳倦了。妳一個小盹醒
來，似乎也不在意此刻是否現代。

在樂園

牛頓先生以及親愛的上帝：今天我們不談蘋果，談性的
萬有引力定律，也談一點酸酸的不科學的東西。

名聲

你走了以後我一直養著你的名字，直到你的名字開花，
這花很少人叫得出名字，但這不重要，重要的是我聞到
香，也見到你接受凋謝的態度。

中年以後

什麼東西可以讓我成為更好的人？是紀律。──總以為
擺脫紀律才是人，但經常是：紀律擺脫了、也自由了，
人卻不是一個像樣的人。

魯迅

上班的日子，已經吃到不知要吃什麼的午餐時刻，我彳
亍臺北巷弄，經過一株棗樹之後還有一株也是棗樹，突

然聽見某店家與顧客為了價錢的爭吵聲中飄出一句：
「你吃人啊！」那顧客的紹興口音聽起來像魯迅，我走
進店家邀他到隔壁酒樓，他邊走邊還吶喊著，望著他，
一時我神色徬徨，心情像一片好餓的野草……

打起精神
打起精神上班去吧，去探探充斥廢氣的馬路消息也好，
去公車內或捷運站聽聽悠遊卡抖擻地嗶一聲也好，去便
利超商門口叮咚叮咚歡樂而白目地進進出出也好，去看
電梯忐忐忑忑也好，去打擾辦公室那扇靜得要死的玻璃
門也好，去欣賞人生坐在椅子上表演兩鬢飛霜也好……
總之打起精神，上班去吧。

合約
我反覆讀了沒有感情的合約。確定平等、公理與正義來
不及了，確定人性來不及了，確定笑與淚也都來不及
了……所以只能白紙黑字而不能有色彩，以免感情用
事。但是，看不到感情用事的合約，才是法律最大的風
險。你仍要我在死氣沉沉的白紙黑字上簽名蓋章嗎？我
建議改成口頭承諾對你比較有保障，至少你聽得見一句
「我喜歡你」，在空氣中。

通性
統計學就是直覺，更明確地說就是「有訓練的直覺」，

所以統計學基本上也是詩學。文學也是數學，用統計分析，凡是成為經典，扣除誤差，在有效樣本區間內，它們都是有銷售數量的。

粒子追尋

我們發現比小更小的粒子，粒子分解，無限分解，那麼最小的基本粒子是什麼？亦即萬物中最小的存在是什麼？如果我們找到最小的粒子就能證明存在嗎？除非對存在動情，否則它是跟我們無關的東西。在物理，想像力才是大霹靂，遠比證明什麼「事實」更快樂。粒子就在那裡，除非跟人性有關，否則就讓它在那裡守著自己浩瀚的奧祕吧。一顆粒子在時空中歷經所有可能的路徑，它也在找尋自己可以站立的位置，跟我們一樣苦惱。

卷十 一路踢著名字像踢著罐子

比喻練習

很煩？就像滿懷心事的蝸牛在牆上慢慢慢慢寫長篇大論
勸你要開心。

深刻？就像大漠孤煙直直植入禿頭再生熱帶叢林。

驚悸？就像松鼠站立時的眼神。

平安？就像一張蛛網在屋角凝視數十年如一日的你。

大事？就像週末深夜安眠中霍然響起手機鬧鈴那麼大。

思念？就像成吉思汗長征的距離那麼長。

親密？就像你和我之間再也塞不進一秒。

空虛？就像再多的比喻都比不上一隻貓真心陪著你。

……以下可以無限比喻下去。

但在一首詩裡「比喻」只是配角，別表現得太刺眼而惹
人嫌。

寫詩

寫詩，也可以有兩種極端。一種是，佛家說的「不立文
字」，不立是不執著之意，故可以直指人心（見性即
可，不必成佛），文青一點講就如木心所言：「聽得見
的是修辭／聽不見的是詩」。另一種是……引用福樓拜
的母親對自己兒子說的話：「你的心早已枯死在對文字
狂熱的執著裡。」

編詩集

天在看，那細節裡的大象在走，走鋼索，耳扇在平衡心
中的氣，長長的鼻子在指正；如果校出遲疑，一定不是

詩句。

詩

為了音樂性，文字對意象充滿了性；為了把世界當情
人，變得不近人情。

訓練一首新詩

我邊思考邊咬著原木鉛筆頭，感覺似有林間深處的寧靜
氤氳開來，恍惚聽見空山人語響，那是？……是答數口
號聲，由遠而近，一個活字接著一個活字像士兵跳上稿
紙，聽口令！——散開成不規則行列，立定，倒下！一
筆一畫開始分解，酸腐，終至化作春泥。

搜索枯腸

一枝筆流口水，注視：安安靜靜的白紙上孤孤單單一隻
穿靴子的黑蟻好像逃兵獨自走在無垠的沙漠。

醉杯具

起先大家都非常客套地談起相互讀過且欣賞過對方的
詩。酒到七分醉，一位研究詩詞的學者脫口而出：「其
實！我沒在讀詩的啦，因為……呃（酒嗝），好怕我一
下就把你看透，更怕隨便一首爛詩就把我看透。」

詩人

每天都在尋找理由繼續寫下去的人。

惡之華

被重讀的書趁機翻個身,伸伸懶腰,掉出夾在裡頭最重
要的意義(其實也只是薄如蟬翼且輕如鴻毛)。被重讀
的每一個字笑起來像一朵花。波特萊爾不如一朵花,他
脣型鬱鬱含苞緊閉成一行!是橫行的一行字,念起來就
像是在叨絮人生不如他的詩。

詩

恰到好處的字讓人情不自禁,贅字像失禁。

舉例

微風喜歡舉例,比方說草木的搖曳,湖的漣漪,髮的方
向……所以微風是詩句,感覺有清涼意。而悶熱,就像
沒有任何舉例的論說文,用大汗胡扯。

判別

詩不道德不是壞詩,詩不悲憫一定不是詩。小說沒有寫
出人性當然壞,壞人性寫的小說更壞。

蘇東坡

除卻仕途和詩文，我最著迷的是他閒來研究草藥，練習
道家的絕食和氣功，鑽研煉丹，學印度的瑜伽術——是
這些，再次讓我確認他是詩人。

杜牧來函

牧童長大了，髮型改變鄉音。酒借問家在何處？雨紛紛
搖指網路。平行宇宙地球村一棵杏花樹下，放牧憂鬱吃
青春。（……清明時節詩人欲斷魂！）

書僮

清明時節都是雨在說話。種子不說話，今天竟然冒出一
句芽呀芽——
路上長出一株一株行人，行人望天，天耍陰……
牧童建議去杏花村喝杯小酒沒啥好擔心。
酒家牆上電視，政治新聞吵得要命，逃出戶外撥手機到
天堂：
「喂～～杜牧嗎？」
（不是喔，我是他的書僮我叫小天使。）
「麻煩您，我找杜牧。」
（又要他念那首詩？都說不是他寫的啦！）
瞬間手機被小天使斷魂……清明時節只有雨聽我說話。

傳說

他擁有巨人之力，他在海邊用消波塊堆疊一行詩，詩崎
嶇、剛毅，偶有瘋狗浪不要命地朗讀，難聽懂。浪花一
頭撞在消波塊，有冤似的。消波塊坐著一隻老僧入定的
毛蟹，對夕陽吐泡泡。

詩人

我種了蘋果、櫻桃、一畦菜圃，並留下一柄斧頭，給歲
月和陰影將來考古之用。

靈感

從白紙深處、深到纖維糾葛之處爆出一句高於彩虹的高
潮顫音。或者，盲眼調音師找到琴鍵最美最鏗鏘有力的
錯誤。

詩稿

把想像力安頓在抽屜，請它斂翅，忍耐黑暗，直到多年
後與我形同陌路，我才將它發表。啊那時，親愛的陌生
人進入我的詩，好像蒞臨禮儀之邦。

上亞馬遜買詩集

飛鳥在藤蔓懸垂的一條一條字裡行間寫空氣。猴子一樣
盪過來的這個新詞，在叢林裡找到飛機殘骸，把殘骸內

已經化石了的詩人丟入購物車。

一時奇幻

天使在圖書館當管理員，他把每一個人的借書，用詩的
文體登錄在雪白透明的翅膀。天使老了，他四十五度仰
望窗外的側臉，好像盲睛的波赫士喇。長得像波赫士的
老天使飛出窗外，翅膀的詩文若隱若現，他盤旋，擲下
一封給人間的辭職信，信緩緩飄下……喔不，是一隻蝴
蝶緩緩飄下。

鯖魚的故事

下午真熱，我戴一頂墨西哥大草帽，扛一支釣竿，拎一
把折疊椅，就坐在我的腦海邊緣，海釣。身旁是微風吹
拂的髮茨，陽光下黑白相間地閃爍。鯨魚像思考一樣
在很遠很藍的水域噴出水柱，一群白日夢像海豚追逐，
跳躍，我看得出神。我的腦海很透明，熱帶魚清晰可
見，卻不吃餌，我站起來把釣線拋得更遠些，一個半鐘
頭後，釣線被緊實地往下扯，魚上鉤了，啊，是一尾鯖
魚，在我的腦海翻騰，我和一尾鯖魚對抗，牠在雙鬢之
間衝刺，永不疲倦似地拖我進入腦海，「在鯖魚游泳的
海面，默默／我在探索一條航線，傾全力／將歲月顯示
在傲岸的額」，怎會突然想起楊牧的詩呢？在這危急、
隨時可能滅頂的腦海，青春的魚、憂傷的魚、歡笑的
魚、恐懼的魚、探索的魚、驚喜的魚、夢的魚、絕望或
希望的魚……我全都看見了，鯖魚拖我前去細看那些往

日的魚族,在腦海,牠們還活著,「還活著呢。」我驚
呼!一瞬間我明白,是腦海中的鯖魚釣到我了,鯖魚正
在一寸一寸收線,彷彿時光正在對我一寸一寸收線。

跟佩索亞說話

天天我在同一座城市上班下班,走在一條單調的路上,
將自己走成複數,秋風吹,吹落七十二個名字。
休假時我往固定的一條路線散步,不小心像哲學走遠
了。一路踢著名字,像踢著罐子。
城市裡種種人生紛歧,我用腳印釘住散亂的方向。──
這些方向都又回到我腳下,成為安靜的對話。
我開始寫詩,為了讓世界不來房間煩我,當我正努力肯
定我的哀愁。

莫札特

我邊回覆工作上的電子信件,邊聽網路電臺Radio
Mozart,正想到莫札特在米蘭寫給姊姊的信:「因為我
一心只想著歌劇,我真擔心寫信寫出來的不是字,而是
一首詠嘆調……」沒有什麼比「一心」只想著自己拿手
的事更幸福的。

書信

莫札特的書信集,就是書信而已,他聰明地生活著,不
必太為他擔心,也不必回頭再讀。梵谷有股動人的傻

勁,他的書信,就不僅是書信,讀過還想再讀,再讀一次還是心疼,都可當作療癒或勵志書了。讀里爾克的書信,他寫超大量的書信,包括替羅丹代筆回信,佩服他竟然還有時間寫詩,然而讀了他的書信,會更確定他是詩人。

童詩

海浪一筆一劃構成長句短句,歪歪斜斜,驚險的筆觸,都是幼稚園孩子寫的,儘管夾雜錯誤的漂流物,他們歡歡喜喜再塗上一艘小小的、花花綠綠的船,置放在我白浪滔滔的髮,他們望著我年老失神的側臉,央我念出他們活潑起伏的小生命。

寫詩就是脫襪子

高鐵駛至新竹,又飄下十二月冷雨。我靠窗邊翻著一本達利(Dali)的畫冊,看見他的〈抽屜人〉雕塑作品。想到最近幾場《雨天脫隊的點點滴滴》詩集座談會——談自己的詩,就像是達利的〈抽屜人〉一樣,達利有時把抽屜當作暗藏的「祕密」、「欲望」……抽屜人將所有的抽屜打開,臉卻藏在頭髮裡,左手呈向外推開的架勢,畫冊裡說:「象徵這個人非常坦白、沒有想要隱藏什麼,卻又不好意思讓你看出真實的他(她)是誰。」談自己的詩,大概是這種感覺吧?據說「抽屜」在西班牙的發音跟「腳殘廢」很像,引申為無能為力之喻。詩人木心就說:「寫詩就是脫襪子/示人以裸足」。通

常，評論別人的詩容易，談自己的詩多半無能為力啊，因為只有自己最清楚「詩有法／詩無作法」。

節奏

生活就是我的詩，想著詩，就想到生活。生活的節奏不是指「日出而作，日落而息」，那只是「規律」而已。節奏是在時時刻刻、在偶然、在瞬間、在動態之中發生的。

美，是在動態中驚險平衡。美，佇立在冷靜與狂喜交界的模糊地帶。讓人來不及反應和解釋的，才是天姿大美。

生老病死。對革命家來說，人生只有「生與死」，沒有「老與病」，不成功便成仁，英雄的節奏比凡人快一些，所以節奏不是時間的長短也不是一個階段過完才到下個階段，人生可以跳著過，有節奏就擁有對付人生的靈活姿態。

反骨

詩經常只提問，而不是論理。許多詩人最終變成革命家，無非體認到詩的無能為力，奧登（W.H.Auden）不也宣告「詩沒有任何實質效果」。於是，將詩的反骨，內化成行動，行動就是詩，寫在抗爭的街頭、寫在社會、寫在亂世。詩人從政的例子也多，直接進入體制去改變現實，而不是以軟弱的文字嘆息。所以「詩人、革

命家與搖滾樂」常常被擺在一起，起因於詩內在的叛逆
特質。

論詩

心緒意念追求清晰的過程，就是詩。當一切都慢慢清
晰，詩也就慢慢科學。當科學發揮想像力，又回到詩的
狀態。

詩就是當你感覺到了，卻說不上來。詩就在模稜兩可的
時刻，而這時刻對你充滿香氣的慰藉，以及霧將散未散
的留戀。

對我來說，詩就是對平凡的關心、對百無聊賴的信賴、
對偏見另有所見。

讓心意完整比讓詩意完整更要緊，全力把詩寫得「禮輕
情意重」，就擺脫小眾或大眾。詩是一種勞動，對心耕
種。

曾經我認為「抒情是詩的本質，叛逆才是對詩的敬
意」，叛逆難嗎？順服更難，順服包含著溫柔與忍耐的
功課。順服初心、順服信念，詩由此出發，由此歸返。

專長

哪吒有風火輪，楊戩有神戟，我有一首詩，像一枚古典
的袖箭，咻咻咻擲向信念。

融化

如果有一天，書包們背著春天上學去，就會發現：冰會
認字，冷靜地一條一條認字，竟然讀出雪萊。

美洲豹

九月，走在臺北一條行道樹豐富的街，趕往一個聚會，
途中遇見多年不見的老同學，她跟我打招呼，我一時未
認出，太匆匆，來不及回憶，就道別。

「秋天」走在我身旁，配合我的速度前進，我看牠，
「啊，秋天原來是一頭美洲豹……」難怪我老覺得秋天
有一種架勢，牠以巫覡般的眼神轉頭對我說：「今天趁
假日特別現形讓你看見，是想提醒你這季節要停下來，
要慢一點、慢一點啊……」「慢一點幹嘛？」「回憶
啊，停下來回憶，跟老同學敘敘，跟時光打招呼。」牠
說。

所有的豹離開世間，都會幻作秋天，活著時牠們速度太
快了，死後精魂卻變成緩慢的秋，這件事我後來是讀了
一些傳說才知道的。當時我回答豹，「追憶是一種能
力，我漸漸失去這種能力了。」「就靜靜坐在路旁的長
椅吧，行道樹篩下的點點圓暈印在你身上，想像你是一
頭豹，想像力就是追憶的能力。」「可是我來不及了
呀，我現在有一個聚會，是詩集出版的發表會。」「詩
都是很緩慢的，不是嗎？」「沒錯。」「所以你也漸漸
失去詩，一個失去詩的人趕著去參加詩的聚會？」「可
是我……」

我已經抵達目的地，美洲豹消失了。我站在門口拭汗，秋風一陣一陣像思維涼涼的，心頭似有緩緩的落葉飄零。我猶豫要不要走進去，正抬腳決定跨進會場，這時，豹叼著一句死詩從會場悠然走出來，與我擦身而過，有幾滴血滴在我的白布鞋，像繡了幾朵神諭的小花。

跟葉慈

來吧葉慈，讓我們一起下雪；來吧讓我們七十二階迴旋而上高塔看生，看死，看綠騎士雪中經過。來吧，我們不會太晚，一首詩的完成還太早。

想風

妖是風的凝聚，魔神仔也是一陣風的凝聚，都是先有風才能製造妖魔效果。妖魔至化境，方能成詩風——成詩經的風雅，成屈原的風騷，成魏晉的風骨。

我的夜

我的夜上線。我的夜，樂於迷路耶。我的夜，戴著星星一樣的鍊。戀戀我的夜。夜是自己的夜，笑笑地別過臉，彷彿不屑。我的夜，戰國時期捎來的魚雁，是穿越，略顯疲倦。我的夜是魅的妹妹，更魅。我的夜，一片不再回頭的落葉。我的夜，聊起屈原，之後聊起不能移的貧賤。

古甕頌

舊公寓陽臺,一只比雙臂環抱還粗的寬口古甕,前屋主
說它很老很古,說它可以養魚、可以蒔花作造景,但我
淨空它,用以插傘。傘有的豪壯、有的纖瘦,種種顏色
有感性、有性感,尤其撐過雨天之後插入甕中溼淋淋,
滴著愛似的。

我經常在陽臺的古甕旁抽菸,這會讓它思想起古老的炊
爨嗎?我輕撫古甕身上火鑄的紋路,一條一條,如同雨
絲。它身上也有些微的裂痕,是燒烤掙扎的傷,它沒提
起往事,我也不便問什麼。

一只古甕,靜靜的,在公寓陽臺。我邊抽菸,邊滑手機
上網。某天,我將手機置於甕沿,以便騰出手來澆花,
卻沒發現手機順著傘身無聲滑落甕內。

返屋後,都忘記手機擱哪兒了。直到聽見來電鈴聲,
才發現是在甕內。我溫柔探入取回手機,急忙接聽:
「喂～～」頓了頓,我聽見熟齡女子晏起時甕聲甕氣的
陶質鼻音、古代的聲線,清晰地傳到我耳畔,她念道:
「美即是真,真即是美……」噫?我很快反應過來,
這不是濟慈的詩嗎?唬誰唄!我認真問:「請問妳哪
位?」靜默中只聽見甜膩的呼吸聲,她(它)終於又說
話:「請告訴我,你所在的世界一切已經變怎樣了?」
我未及回應,轉頭忽見甕內的傘一枝一枝飄浮打開,瞬
間如春花朵朵綻放,「啊,妳希臘的天空飄雨了嗎?」
我衝口問道。

同音異字

鐲，是古玉在月下獨酌，七分微醺三分樸拙，濁酒漾著寶石綠、祖母綠、秧苗綠、菠菜綠、豆青綠、淺水綠……忽聞柴門有聲剝剝啄啄，是一群翡翠來訪卻神情焦灼。

詠嘆調

安達魯西亞的小毛驢在輓歌裡打滾，一旁水井仰天笑了，藍色與白色的旋律撐了春天輕輕一下，石階就一級一級甦醒。當轆轤把天空汲上來，像驢眼睛一樣深沉的倒影譁然四散，夕陽順勢抓著小徑寫出一行野花和一篇裙襬。

擁抱──送別辛鬱

《創世紀》生日那天，我們互相擁抱，你拍拍我的肩膀，微笑，無話，卻有一股蒼茫，沉鬱地導入我身，頓覺你遞給我一頭隱形豹，但沒人知道。擁抱瞬間，你厚實遼夐的一生，如豹，在我靈魂深處暴衝。如此灼熱，豹啊豹在我體內狂奔，今夜，我決定描寫一頭豹──

一陣風如軍令，命這豹，衝！然而在時光那張冷臉的背後，牠從容獨步，啥命啥令都不鳥不甩，就這樣一步一曠野，沒有神或誰知道牠在丹田培育大植物園、自創小調品種，待到花開，全是愛、全是關懷。

粉飾太平的那些人那些事像莒光日一樣習慣，而冷眼旁

觀的豹，向前衝，輕易就甩開那些人那些事。豹自個兒轉了一圈，簡簡單單就界定一個冷肅而美的世界。

曠野不見了，因著牠連曠野都甩開了，這豹，於紅塵俗世向來凝神定靜，鮮少暴衝。總是剛好，剛好衝到鄉愁仰望的側臉，總是剛好衝到詩與科學間，總是意象好險，剛好立在崖巔。

豹自個兒給自個兒下令，衝。這次完全在意料之外，詩跟著牠衝，衝到人間之外，衝過頭，順勢就別了、就散了……

就到天堂了。這豹，冷臉投影河面，河面上一陣風如軍令，命豹衝，而豹依舊不鳥不甩，牠邁著自創小調的步伐、牠起伏著蒼穹的肺葉，一躍就躍過銀河，一夕無話，像牠對愛最多最多的擁抱總是用最少最少的言語。

——今夜，一頭隱形豹，從我體內暴衝而出，向天堂，牠回頭還是老話問我：「怎麼樣，還忙嗎？像獵食一樣忙？」我不及回答，豹爪撥弄銀河，銀河點點如無限小數點，牠果斷地說：「全刪了吧。別了、散了吧……」牠的背影是一個完全整數，詩是一個質數。「人生走過，幸福或不幸，都算數，」豹笑傲地說。（豹之鄉音像極了辛鬱，想起他曾用很冷很冷的言語完成一個很熱很熱的擁抱，對世界。）

不好意思
我已寫詩多年，感覺卑鄙。字義與字體落魄街頭，遊魂

一般晃來晃去也就形成幾行，這誤會很深，深至人生。
老狗睡在門口，甜得像逗點。我在門內寫詩多年，低
垂的頭是句點，咳嗽聲像世界一樣大，為了暗夜壯膽。
詩感覺我卑鄙，鄙人這麼多年卑著，何不乾脆土土地碑
著？一個無害的人寫詩，是無益的。或死或活皆不明
顯，這麼平凡的熱烈，這麼多年，這麼疲憊。詩人追求
像人一樣，像人一樣的詩。多年來寫不出自然嚇死自己
的一句，詩怎麼好意思。

國家圖書館預行編目資料

微意思／李進文著. --初版. --臺北市:寶瓶
文化, 2015.08
面； 公分. --（island；245）

ISBN 978-986-406-024-5（平裝）

855   104015452

island 245

微意思

作者／李進文

發行人／張寶琴
社長兼總編輯／朱亞君
主編／張純玲・簡伊玲
編輯／丁慧瑋・賴逸娟
美術主編／林慧雯
校對／張純玲・劉素芬・陳佩伶・李進文
業務經理／李婉婷
企劃主任／艾青荷
財務主任／歐素琪　業務專員／林裕翔
出版者／寶瓶文化事業股份有限公司
地址／台北市110信義區基隆路一段180號8樓
電話／(02) 27494988　傳真／(02) 27495072
郵政劃撥／19446403　寶瓶文化事業有限公司
印刷廠／世和印製企業有限公司
總經銷／大和書報圖書股份有限公司　電話／(02) 89902588
地址／台北縣五股工業區五工五路2號　傳真／(02) 22997900
E-mail／aquarius@udngroup.com
版權所有・翻印必究
法律顧問／理律法律事務所陳長文律師、蔣大中律師
如有破損或裝訂錯誤，請寄回本公司更換
著作完成日期／二〇一五年六月
初版一刷日期／二〇一五年八月二十八日
ISBN／978-986-406-024-5
定價／三〇〇元
Copyright©2015 by Lee Chin Wen
Published by Aquarius Publishing Co., Ltd.
All Rights Reserved
Printed in Taiwan.

AQUARIUS

愛書人卡

感謝您熱心的為我們填寫，
對您的意見，我們會認真的加以參考，
希望寶瓶文化推出的每一本書，都能得到您的肯定與永遠的支持。

系列：Island 245　　**書名：微意思**

1. 姓名：_____　　性別：□男　□女

2. 生日：_____年_____月_____日

3. 教育程度：□大學以上　□大學　□專科　□高中、高職　□高中職以下

4. 職業：_____

5. 聯絡地址：_____

　　聯絡電話：_____　　手機：_____

6. E-mail信箱：_____

　　　　　□同意　□不同意　免費獲得寶瓶文化叢書訊息

7. 購買日期：_____ 年 _____ 月 _____日

8. 您得知本書的管道：□報紙／雜誌　□電視／電台　□親友介紹　□逛書店　□網路
　　□傳單／海報　□廣告　□其他

9. 您在哪裡買到本書：□書店，店名_____　□劃撥　□現場活動　□贈書
　　□網路購書，網站名稱：_____　　□其他_____

10. 對本書的建議：（請填代號　1. 滿意　2. 尚可　3. 再改進，請提供意見）

　　內容：_____

　　封面：_____

　　編排：_____

　　其他：_____

　　綜合意見：_____

11. 希望我們未來出版哪一類的書籍：_____

讓文字與書寫的聲音大鳴大放

寶瓶文化事業股份有限公司

寶瓶文化事業股份有限公司　　收

110台北市信義區基隆路一段180號8樓

8F,180 KEELUNG RD.,SEC.1,

TAIPEI.(110)TAIWAN R.O.C.

（請沿虛線對折後寄回，或傳真至02-27495072。謝謝）